TAIYANG LIECHE

太阳列车

王瑜聪 ◎ 著

中国海洋大学出版社

· 青岛 ·

图书在版编目(CIP)数据

太阳列车 / 王瑜聪著. —青岛:中国海洋大学出

版社,2021.4

　　ISBN 978-7-5670-2806-7

　　Ⅰ.①太…　Ⅱ.①王…　Ⅲ.①诗集－中国－当代

Ⅳ.①I227

　　中国版本图书馆 CIP 数据核字(2021)第 074536 号

出版发行	中国海洋大学出版社			
社　　址	青岛市香港东路 23 号		**邮政编码**	266071
出 版 人	杨立敏			
网　　址	http://pub.ouc.edu.cn			
电子信箱	cbsebs@ouc.edu.cn			
订购电话	0532－82032573(传真)			
责任编辑	纪丽真		**电　　话**	0532－85902469
印　　制	青岛国彩印刷股份有限公司			
版　　次	2021 年 4 月第 1 版			
印　　次	2021 年 4 月第 1 次印刷			
成品尺寸	130 mm×203 mm			
印　　张	8.25			
字　　数	100 千			
印　　数	1～1000			
定　　价	79.00 元			

发现印装质量问题,请致电 0532－58700168,由印刷厂负责调换。

王瑜聪，生于 1999 年，祖籍山东青岛。笔名任朝暮。曾获中华"圣陶杯"一等奖、文学"未来之星"一等奖等。2018 年出版个人散文集《泱泱》，获河南大学第五届九零文学奖。

人生到处知何似，应似飞鸿踏雪泥。
泥上偶然留指爪，鸿飞那复计东西。

——苏轼《和子由渑池怀旧》

太阳、列车或者流动着的意象

对我来说,《太阳列车》的作者王瑜聪是一位陌生的小诗人,陌生到未曾谋面而又未曾有过任何语言文字的交流。但当这部诗集呈现在我面前时,一股清新的气息扑面而来,一系列炫目而清晰的意象如同陌生或熟悉的朋友匆匆忙忙地撞过来,冲击着我的阅读经验,改变着我对诗歌的诸多认识。

我对王瑜聪的认识就这样开始了。

我知道,这是一位从小学时期就深爱着诗歌、爱着文学的孩子。她在阅读大量中外文学作品尤其是经典诗作的同时,开始尝试诗歌写作。12岁时就写出了长诗《简》,一双清纯的眼睛看到了"窗前的,那株幸运草",用较为成熟的语言书写出了"活在自己的生命里'那株'不羡杂事的简的草"。在一个"简的世界"或者说诗人眼睛中的"简世界"——"憧憬着,永远的张扬"。

12岁,是一个人生命中最让人艳羡的生命时光,但12岁的王瑜聪却在这个年龄里"流连生命,仓皇失措,痛哭流涕"。这种生命与岁月成长的矛盾似乎一直伴随着她,让她在这种矛盾中感到惊喜,感到丰富,感到真实。也许,在诗人的写作生活中,这并不是"为赋新词强说愁",而是一种真实可感的体验,是对自我情感世界和生命认知的把握及其美学表达。虽然"少年的心事大多秘而不宣",但是"岁月是描摹秘芽的图底",当"一棵秘芽"一样的青春到来之时,也就是"当我们学会叹息的时候",从此少年的笑就有了波纹(《青春纪》)。这种情感表达方式带上了"青春纪"的留痕,这样的"青春纪",是青春的世纪,也是青春的纪念,带着些愁绪,同时也带着些浅浅的思绪,给人一种微痛的感觉。

在整部诗集中,作者刻意表达的人生思绪,那种具象而又玄思的美学表达,具有了某种思想实验、文体实验的性质。那种飞翔或升腾的感觉伴随着列车、飞机或者其他物体,天上地下,东南西北,以流动的姿态冲击着读者的视觉。唯其如此,这部诗集充满了对现实和想象世界的探索,在丰富驳杂的意象营构中,展现友情和爱情、生命与死亡、灵魂与升华、生活与命运,工业化城市及科技时代等富有灵性的思考。在我看来,与同龄人相比,王瑜聪更具有诗人气质的地方在于,她能够超越现实,超越物质的世界,在哲学的天空中遨游,更能够在深刻感受现实的过程中思考人生,在感觉生命的同时给予哲学的观照。在这部诗集中,作者通过新奇瑰丽的意象自然铺展无意识创作,不仅体现了年轻生命及孤独个体面对世俗呈现的角度翻改而转变的心境,而且展现了新的时代下个体与自我、内心与环境的矛盾冲突以及自我寻找、自我探求的意义。作者在诗篇中所描写、叙述或抒发的物象、情感,既是触手可及的、现实的,又是超越现实的、想象的。一枝玫瑰是具体的、可感的,但在诗作所呈现的世界中,"开垦童话的殉情王""终身等待一秒钟的来访",就具有某种哲学的特征,情感的张力向上突破,成为言说爱情、感受生活的思绪,成为生命与死亡的象征(《种玫瑰》)。夕阳与桥也是具体的,它构成一种意象的同时,也构成为一道风景,在这道风景中"恋人的剧目""如同台风过境",这些繁复的意象与那个飘然落下的"散漫的冒号"一起,构成了《观影》朴素而富有动感的画面,"观影"这一独具质感的行为传达出"相迎并且拥吻"令人难以忘怀的另一幅画面,画面与画面叠加为张力极强的抒情效果。

从诗集编排体例来看,"玫瑰海"的诗篇大多是长诗,具有哲学思考特点,某种程度上体现为西洋诗歌的艺术特点,"月下园"中的诗则多为短小抒情的篇章;"玫瑰海"中的诗歌意象大多是"太阳""列车""海洋""冰河""象牙塔""塞纳河",等等,呈现出壮观之美,由抽象到具体,与诗作的哲学沉思密切联系在一起,"月下园"中的诗歌意象则较多为"月""小巷""寺庙""窗台""梦的声音""流云""风月"等等,这些意象具体而富有现实特征,表现出沉入内心的细腻与质感;"玫瑰海"以哲学思考为重,抒发的情感多为爱情、友情、生与死等,"月下园"则以现实为主,抒写的是社会、人生,由具体而到抽象。也正是如此,在我阅读这些作品时,感到了诗作与作者年龄不甚相符的特征。从中学到大学、从少年到青年的岁月里,作者有着过多的沉重。我所说的这种沉重不是生活现实的压力,不是心理压力,也不是来自世俗的各种压力,而是一种现实感受的力量、思想的力量、情感的力量、文字的力量,是这个年龄段的青少年很少有的对宇宙星空、海洋高山、黑夜白昼的沉甸甸的冥思苦想。

一个人的青少年似乎更是先锋的时代,是追逐新潮、迷恋奇特的时代,但我在《太阳列车》中读到的,似乎是在先锋与传统的对抗中表现出来的艺术上的新古典主义意味。也许,诗集中的某些抒情的手段、描写的笔法还稍有些稚嫩,但这并不能否定整部诗集对于成熟的追求;也许,在一些诗作中不可抗拒地出现新奇的语言与意象,甚至过于裸露的情感表达,但这恰恰显示了作者的青春气息,呈现出作者对古典的迷恋,诸如西方古典诗和中国古典诗的某些痕迹,即使那些对于现代诗的模仿,也更多是已经成为诗学传统的现代诗,艾略特、庞德等诗人的影子不时出现,但他们都是已经老去的艾略特或者庞德。这一点,只是作者反复咏叹的命运、爱情、精神就已经足够了。

王瑜聪生于甘肃,长于海南、青岛,倾听着海浪的声音长大。大学时代就读于中原大地的高等学府——河南大学。从西北、海边到中原,这种生活体验对一位睁大了眼睛看世界的诗人而言,无形中增添了诸多他人难以企及的东西。这是王瑜聪出版的第一部诗集,是诗的生活的开端,是充满诗性的重要一步。在网络化时代,生活碎片化、语言世俗化、表达匮乏,我们身边出现了很多诗人,但我们却在不断地远离诗。人们喜欢用诗去形容某些事物，却无视诗与精神的关联。有感于此，我觉得王瑜聪选择了诗，也需要被诗选择，认准了这条路，就需要义无反顾，因为，那列火车已经通往天际。

我特别欣赏诗集"题记"中的一句话："当生命燃烧的那一刻，一切都不重要了。"

以此送给青青的小诗人，并为序。

周海波
2021 年 2 月

我对文学和艺术，有着一份天然的执着与追求。

当我偶获自由，便得到了诗歌；当我坠入诗歌的境地，便回到梦之源。

在无边的莽原上，我妄想开着越野车掠过层层尘土，却又坠入月色。可是月色不尽然只是凄哀，诗歌藏在怒放的玫瑰中，贯穿我的灵魂。最后，我找到了它，它解救了我。

于是，在这样一个月下园中，我缓缓地穿过两旁荆棘，为了追随玫瑰丛中的玫瑰，而忍耐坚硬的刺，为此甘愿承受因刺伤而流血的代价。摘取玫瑰，需耗费神思，伤痕累累；不摘玫瑰，流失的却是心头血。倘若说，年少还能够朝着骁勇的战士努力，但同时心中又怀着一个脆弱的孩子，来自对世界和自己的不断猜疑，对未知空白的愁绪和面对苟且时的挣扎。这就是作为年轻生命的苦楚与欣喜。

当我站在清冷的长夜中，仿佛看到一列通往天际尽头的太阳列车。它是一记暗的彩，掠过淡漠的画面，在悲凉的呓语中无知地宣泄。

直到玫瑰坠入海洋，海水包容万物；直到玫瑰积累如海，芳与岑寂交融……最后，玫瑰消解了，玫瑰海便留了下来。那一场渺茫而盛大的宴会，在赶往太阳国的路上，欢庆。

但是，当生命燃烧的那一刻，一切都不重要了。

——题记

目录

玫瑰海

2	种玫瑰	32	月之林
4	寂	33	一日
6	冰河世纪	37	疯人院
8	单航线	42	暗蝶
10	七日	44	挂历
12	象牙塔	46	海底隧道
14	观影	48	布列瑟农
15	世界	50	风车
17	门	51	光阴园
18	唐婆镜	52	年龄
20	审判	54	张贴
22	疗愈家	55	可能
24	仲秋夜	57	鱼群
26	要有光	58	星期三
28	去看	59	另一个
29	局外人	61	蛰伏
30	尤加利	62	时代广场

63　玛丽

65　焰

66　画宙

68　黑与白

70　仰望星空

71　流离塔

74　飞行

76　舞舞舞

78　归路

80　雪灯

82　以童话名

84　空之境

85　岛

88　美丽新世界

90　遇

91　极

93　动物城

96　哑剧

98　告别

100　海的魂

102　简

105　往·往

107　梦之曲

109　孤女

111　以太

月下园

116　隐月

117　余生在飘

118　陌巷

120　夜禅

122　剪纸小像

123　往生

124　流光

125　百里

126　剧本

127　我们·拥抱

128　感怀

129　洋

130　黑夜

131　写尽

132　向阳花

133　黎明后

135	蚂蚁有桨	172	季
136	时光机	176	清水河
137	青春纪	177	慧雪
139	一路	178	紫海
141	荒漠	179	缘
142	新海	180	时差
144	年纪	181	烧
146	待到雏菊时	182	泡沫
148	无名自白	184	糖
150	距离	185	蒙娜丽莎在微笑
152	旋风	186	惘
154	爱丽丝之影	187	上演
156	巴洛克之梦	188	狩猎故事
158	奔	189	可盼
159	少时	190	海之灵
161	早	191	梦老车
162	嘶与喃	192	迤逦河
163	悲伤	193	皮囊
164	云游	194	亲爱的
165	睡梦	195	雨窗
166	等风起了	196	红
168	夜里河	197	遗落太阳国
169	海沫	198	灯幕
170	囚眠	199	苏醒
171	风月	200	有常

201　孑孓

202　暗角

203　从南到北

204　晨曦

205　航行八十九天后

206　与之

207　艰

208　告别

209　木棉

210　朝途

211　平常

212　高级八音盒

213　寂夜

214　彩

215　灯火

216　临风忆事

217　石碑

218　雪河

219　同感

220　标本

221　月光曲

222　昼夜

223　速冻

224　火

225　星畔

226　心语星愿

227　重山

228　离人殇

229　天光

230　旱舟

231　万里

232　静望

233　光之烛

234　幕后

236　缘起

237　问

238　酒心云

239　草木的情话

240　水仙节

241　玫瑰夜

玫 瑰 海

种玫瑰

裁剪一支玫瑰

曾经划破王尔德的唇

面带悲戚的神情　面向世人

致我永恒的爱　我的爱人

你不必再找寻光感

它不会在世间任何一个角落

仅幸存在亡故的我的心

面朝所有未敞开的孤魂

不如给我一个吻　向我证明

草木盛开间野外的游云

搭乘朝露的列车缓缓启行

静默星月将闭目的世纪守望

遥远的雏菊冢堆砌夕阳

交错的叠影轻描淡写

不小心便遗落一片沧桑

开垦童话的殉情王

手挽枯叶　消逝在灰蓝海洋

情愿化作众生过客的印章

终身等待一秒钟的来访

2

仅为我的爱人　我的知己

我贴心的梦幻　最崇高的理想

我的平生　我的荒唐

我沉痛的魂魄　最靠近你的天堂

浮华之下　地狱之上的城墙

千万个日夜也甘之如饴而徜徉

致我的爱人　我的知己

我自诩孤勇　试图背弃的愿望

我的胜利　我的痴狂

我散漫的眼泪　枯萎的玫瑰生长

决心在世间留下沉寂的篇章

我的毁败　我的荣光

不可一世而战无不胜的年轻的王

请你放下　无声的辉煌

寂

我蹚过寂寥的海洋
来到五彩的波光
划破了一个海马口袋的重量
海螺的声音比贝壳逼真
五音不全的鹈鹕和好斗的飞鸟
窃窃私语中必有虚伪箴言
无人听你的乐章
太阳在遥远的地平线
这是一个睡梦的巨壳
我从破碎的缝隙钻出
妄想摆脱尘埃的浮尘
就像一个愚蠢的骑马人
嵌过银河以前的灵魂
在旧浪中念念不忘
凭借一缕烟的踪迹
到世界的中心烫一个
不规则的圆点
赶夜的西装褪下烟斗
如置狱中的送信鸽

狂欢着扯断它翼上的羽毛
我路过死去的荒原
唱过一个世纪的歌
伶俐的口齿　把风流随意布排
沉睡女郎在心中跳上古曲目
关于明夜月球的不朽
上升飘荡的火焰炙烤着
石像背后裸露的谎话
献一把刀并给它命名　迫不及待
向世人展现它的丑陋

冰河世纪

透明玻璃窗路过风与雾

像坠落海底的冰块

融化太平洋的北部

终日　我们在人烟寂静漂浮

等唐纳德和一只猫共舞

听收音　仅仅呆滞一个早晨

躺在　河川裂开的纹路

我们说　见过极光的夜不会冷

要这浮士德式爱情更开阔

于是　在飞鸟过境的时候

在沉默中央　太阳的箴言遍布

就快消失殆尽　温和照耀的深处

要这无边无际的蓝　诠释清楚

相拥后再重复　绮丽　踌躇

为苏黎世打造燃烧的线条

吹散眉心外的浮粉

然后发现　笑意里的吻痕

在漫长的曲调里　排序　勾勒

盛满心房狭窄缝隙的红

将沸腾的思绪短暂抽离
闭上双眼　听不清　过分安逸
直到偶遇　你和你的影子
在深渊外静止呼吸

单航线

塞纳河穿越巴黎

晚霞浮云　瑰丽的样子

是我吻你的距离

你可能有所不知

从清水河畔到残枝败叶

从窃窃鸟语到狂风暴雨

竟是我能拿出仅有的　爱的音讯

在层层荡漾里　延至漩涡

你的孤影　像极了等待的序曲

你的孤寂　你的隐退　你的绝望

我都看出了　看出了　又如何

为什么会动心呢

一定是因为做了乞力马扎罗的雪

飞机升往海平面最贴切

直到形影也不是形影

轻飘的氤氲将沉重也覆没

为什么会动情呢

一定是苏黎世的鹅毛笔

可恨地摩挲你的眼　你的唇

让死亡的叶甫盖尼穿越吧

教可怜人托举自己浮泛的五脏

夜灯照亮仓皇失措的美人

这时候　若在深夜接吻

在白天切换皮囊　借一笔万种风情

赖以追寻令你甘之如饴

寂静地上瘾　上瘾

像一场没有念白的剧

是否斯拉欧加*将台词指派

将梦的月露浅薄替代

在亡终来临之前　也不肯流泪的

她的心　哑口无言

梵高的画　是否安然　麦田

世界泊着许多船　琳琅满目

让它们远走　接二连三　成全

* 斯拉欧加:波斯祆教七大天使的第一位天使,指
　"用耳倾听"之意,倾听人间所发生的恶行而下
　凡,指引人的亡魂。

七日

一二日　向着悲哀的钢琴键
指针刺破浸染雾气的悬空
沾满模糊的女人脸　偶尔笑容
唱旧的挽联　锁住缤纷的伤痛
翻越浪间的海豚　依旧是相框当中
三四日　尘烟下　担心自己堕落
仅向着未开船的渔人使者
将颓靡的泪滴散落
手持入会票的人群开始涌入
一次次消弭声息的会晤
溃烂的苦影　仅一天月色
乌鸦沉入海底的广阔
五六日　忘记所谓奇伟及书中名姓
比如女巫杀死列车上的黑猫
再次这样看天外云朵
贯穿稻草人的利箭　融化的软糖
穿靴子的幽灵　自作聪明的头领
说胡话的人更多　不在药水作用
独立良知　黑白间也蹭一抹红

第七日　在通往遥远时沉默
放下划满句号的他人行李
将缝满无解的眼光从发丝抖落
问无声的神祇存在的合理
直到冷落的雨点
喂饱水中的游鱼

象牙塔

走进云雾的圣殿

彼此嗅到海的气息

揭开碧绿的冷叶

投来一束绚烂的光

想象　对方在遥远的

地平线　渐渐起升

一轮可爱的夕阳

我们相拥的时候

永恒成为瞬间的答案

远处的男人掉落了

襟前花　仿佛穿越的小丑

他在打造坚实的铁笼

闻说是送到动物园去

着实寂寞的夜

动物在湿冷的丛中挑灯

卖力地翻阅　他人夙愿

苍白的欢愉　残败的琳琅满目

无知的孩童也懂得这窘迫

多悲哀　莫名其妙的世界

马戏团的歌手　踩空了塑料舞台
在星月征途中扔掉破旧的衣
当所有时刻重构回转
使命也有悲情的循环
后人揣度宇宙的规则
正如耶和华的释义

观影

坐在桥下的夕阳
观看一场恋人的剧目
没有战争　只有斗争
在恍然未闻的性别之中
交错痛恨　循环往复
然而爱在抽离的时刻
如同台风过境　凡尘寥寥
普通的船只在岸边漂泊
灯光荡漾间散碎的鹅黄
映照着路人伤痛的笑脸
已太多因吵闹而沸腾的心
在热辣的气泡水中纠缠不止
怒气如同愚蠢的疯子
退伍的掌灯人　拖拽着天幕
远远地暗淡　为着盈利
还是可以相迎并且拥吻
一场疯狂的沉默的祸乱
在世人晚期的心
只为唱白　落下散漫的冒号

世界

明星从原野上掉下来
明月升入云层去
寂寞旅人我问你
你要逃到哪里去
那布满树林的笨鸟
总有一日衔了苍白的枝
翻山越岭去追你
你身上没有背包
连片羽毛也无
你青青眼圈间的唇齿
发出冲破灵魂的呓语
荼蘼开尽的荒莽
是犬鹿踏过烟火
流下无知的滚烫

你将自己化作山的孩子
化作水汽间的一粒尘吧
唯有这样　你是孤单的影子
游走在世间天真的音容

揭过那神女隐秘的面具

就要飞来了　破败的喙

今日就该启程

告别脚下的残骸

你的鞋子已盛满了

俗不可耐的岩浆

终有一天会涌上头顶啊

关注吧　你那兔子般的双耳

将风灌入血液涌动

在光泯灭的地平线上

无人望及你的笑语

你却尽情地呼吸

有如昙花初放的盛大

你的身上　也无一片异羽

你便是光

门

门后的世界

有人坐在火光前

预言　或者装作预言

字眼从机器当中运输

形成一千种可被解释的符号

众人联结一起　水中渡船

如同玩丢手绢的游戏

无人知晓来去

只是轻飘飘的一缕风

划过清楚的肉体

但是荒漠里的仙人掌

孤寂生长而肆意的百合

杀死一切的金皮树

诉说太少　暗示太多

寻找了几个世纪的灵魂

旅行　如同一场环游的徒劳

漫长的路　徘徊过诸多牺牲品

画一个圆　脆弱的音乐钻过去

变成一笔铿锵　不易察觉

推开暗夜中的门

看见了　新的地图

唐婆镜 *

有人为你流泪
有人为你微笑
我的朋友
将你留在美丽
让人心碎的世间
为你写诗　自在丑陋

不能失去的啊
我的朋友
太阳里的朋友
太阳外的朋友

太阳外的朋友
太阳越升越高
你的身影
却越来越远了
你的眉眼越来越低

* 唐婆镜：花名，又名鬼臼，背对太阳而开。

18

低得看不见所想了
太阳里的朋友
我要朝着远山那头走了
远山的阴影还是
斜斜的远山
我将与太阳外的朋友分离
将与你们隔着
斜斜的远山

我的朋友
此生需多少刚强
足以云淡风轻
应当如何
同你落下泪来吗
同你撕下皮囊
试问这世间啊
谁才是落了一身病的
行尸走肉

审判

你是谁　孤单的孩子
听了一整日
末日的声响
在接近夕阳的狂欢
吐露最后的顽劣
你是谁　大地一样的母亲
在人群里徘徊了、抵消了
那么一场声势浩荡
你将用手捧出一枚月亮
经过喉头里的溃疡
哀艳之风到达的地方
颤抖的是青蓝睫毛
迷雾贯穿的森林
若有蛇信子的项链
那是魔鬼锁过你的喉咙
约莫穿越了一个世纪
我只找到一个你的脚印
你可能不知道
在三十三条冰川外

有道风吻过你
审判席间没有什么冤情
白熊的泪掉入土壤
从你的眼仁化开了、碎裂了
世间的具象

疗愈家

当我走进残破的屋中
她要我递出自己的心脏
她是天生的疗愈家
这一点倒是毋庸置疑
只是人们曾经放火
焚烧过她的头发
我触摸墙上的壁画
好像看到　过去的迷蒙
借着一盏灯火　黑暗里
前所未有的伤痕
缝缝补补　像个敬业的母亲
暖流在血液当中　一种遐想
如果明白有人守护避风港
自顾不暇的时候　还是微笑
世间将少一丝对待悲情的嘲讽
无形的线将残破穿起来
远远地看去　仿佛完满
我将放回我的心　伤口不再破裂
她将隐匿　在沉静的魔法

有人天生便是疗愈家
这一点终究毋庸置疑
只是昏黄闪烁的地方
我看到她破碎的五脏

仲秋夜

从遥远的光中走来

扼住我的喉咙

在黑白中间撩起轻面纱

你卷起我的发丝

在它们没有掉光以前

在她的面容没有老去以前

你应当对我笑　这时候

上帝或许不会　平分他手下的命运

有人在天地外唱平安歌

赐予苹果红色一般

馈赠男人以美妙的歌喉

滴注春天的泪

但是,她有一双秋风似的眼睛

比你想象的温暖寒凉

痴狂地追逐命定的守护神

同样愿跟随她一世的

你可以咬破她的唇

淌出细细的音符

直到树木重新枯萎

哪怕神誓不允许
你应当同我苦苦纠缠
背弃者受万夫所指
在仅有的荣光间
在日出的那一刻
你应当吻我　在黑夜来临以前
有人饮下心头血
而你　应当爱我

要有光

掠过山海　染过颜色
着过自然的疯魔
从太平洋的滴泪
到北极的北端
烈火烧断的莽原上
数以万计的鸟儿在寻荒
数字、具象、图画、文集
错落了支离破碎的影子
那水瓶时代的呓语
延续至今　无人能解
站在病痛的交汇口
灰烬放肆在地尽头
将世上最广深的孤寒
扼在弹指一挥间
成群的人们头戴冠帽
心系冰冷镣铐
腐烂的牙齿　笙歌坠落
作为一套佐证
有过悲哀的神经撕扯

不到生命最后不会停息
苍白面目共猖狂闪烁
飞逝的双翼如今祈愿
向万丈宇宙深渊
将明星刻在心间

去看

我要去看人间的壮烈
让上天成全我悲怆的眼神
早已穿透岁月的渊源
我的灵魂在深处叫嚣
要释放它的不屑和一千年的等待
我要奔过火烧的莽原
睡在冰冷的川流里
无尽的枪声划破丛林
击中越过最后一朵云的鸟儿
我的双翼染指了世间最漫长的黑暗
听你说莫须有的故事和内外方圆
放我归去　离开这扰人的躯壳
把那热烈一一要回来

局外人

像个受人背弃的女郎
一头盘卷的长发
有时你深陷其中
快要燃烧殆尽
你想要一万个他人的吻
但没有一个概括你的口齿
太纯净了　你的牙龈
就像冷山里的杏花
胸腔不断有火钻出来
涌向平行宇宙
客观追寻　落幕的结局
剖析自我的时候
仿佛和创造者相得益彰

灰色环绕时无人开窍
不属于永久宿地
静默是被折磨的漫长
只有一双岑寂的眼
安在命运的心房

尤加利

清晨漫步的姑娘
怀抱一束尤加利的枝叶
中间只一朵橘粉色玫瑰
米白的长裙浸过月光
现在递到太阳的胸膛
仿佛要将人间合衬的爱慕
睫毛与可爱的梨涡生长
她将拒绝自以为是的男子
将纯净与真挚订作书章
鄙陋与背叛无计可施
她身骑白马　　腰佩宝剑
仅仅回到水边的村庄
情愿为了圣洁真谛
交付深重的眼泪
倘若在古战场
她也是浴血奋战的将士
越过丛林深处　　征战四方
倘若化作飞鸟
她便是长了一粒雀斑的乌鸦

滚动的云层由她独自啼叫

一道隐没的悲戚　风在助威

怎能不相信世间有这样

深刻而漫长的目录

惊艳短暂的时光

月之林

月光落下最后一滴

向日葵的清透眼泪

不被世人允许

成群的野蝶翩然而飞

百鸟争鸣　为梦境加冕起舞

这一刻　古老的故事已然翻新

我要望着你的双眼　直到流云

钻破冷酷天际　裹满酸楚的糖衣

连懒惰的石子也微微颤抖

越过玻璃缸的金鱼　浅浅叹息

再望最后一眼　便要拾起

泥中水仙　再去容纳夏季的潮汐

夜中疏影　已经袒露一场踪迹

天知道我们背对的片刻

乌鸦　盛满了林木

一日

1

人们簇成团的时候

你是蜷缩着

含羞草般扎根在泥土里

无安全可言

朝着温润的光

现在是清晨六点半

女人扯开了花的帘

外面的鸟在唱

你来看我　在风的深处

我呼唤的时候

乞丐正在街上游荡

每天都穿着旧布衫

你以为那是故事的演员

但他只是讨口水喝

我亲爱的朋友

在你哭泣的尽头

九千张枫叶葬在云后

任我予你神使的谜团
如果这天值得庆幸
哦　庆幸得悲哀
你那梦中呓语
便是我苦求的答案

2

夜晚九点半的酒馆
比长条面包多一个小时
醉酒的绅士　抽烟的女士
人们聚在一块平地
若没有楼宇四起
是那中心的男人的脑袋
灯球将他照得锃亮
外面下雪
衣衫褴褛走过去
那是揣着沉默的孤儿
轻巧地跃过人间的缄默
你问我这是第几次见面
大约烟火散去
我在月之华中

揉搓过你的掌纹
清冷像极了
泪渍下的信笺

3

凌晨是如此坦诚
剥离了肉体的灵魂
回到空壳里静静沉睡
让那眼睛也发出
浅浅的声息
未眠子埋没在黑色里
用那杂乱的眉扣在一起
在尖锐的高塔上
敲钟人脱去了一件皮大衣
昆虫在地上爬
爬不动时　褪成了鸟
飞向遮掩大地的幕布后
悄悄地刺破了
混沌的飞行线

4

现在是早上七点半
女人的碎花围裙
蹭了一道油彩
那是蔬菜的画板
掉落瘫软的鸡蛋
升起小镇上的炊烟
有人饮地下水
有人从他的脑袋
把热咖啡浇下来
我只要你的一根发
掐断寂寞的春天
去捉太阳尾巴

疯人院

轮回九个世纪
只为等人绞断
背后的翅膀
上过断头台的路易
靠过墙壁的爪牙
云层开辟之日映出光
两个头冠水仙的侍女
在长廊里受过伤
背叛的琴键　破碎的日记簿
途径星流月野　渐渐忘却
广深的寂寞
在电话线的破损处
两只跳蚤　在玩华尔兹
有人在笑中吻你　情况属实
绿幽灵在清晨流泪
我已经错过了远方的列车
熨烫的裙摆多出破洞
只是一个呐喊的鬼脸
在兰花枝后

路还要往回走
飞鸟的心脏是水流里的石头
真理埋葬的声音
听　你是否在跟前
发表言论　著书立说

是疯人院　亲爱的
画像里有蓬松头发的科学怪人
而你的影子　是灵魂无底洞
继续开始上演沉睡的曲目
剥离这空无一人的剧院
在躲迷藏　老套的把戏
一双巨手的阴谋
入了圈套　冷静的深夜
我们在破碎里吸烟
做梦　二月突然下起雪
你还不清楚我是谁
一首维克多的名字
沾满了炉灰
来喝牛奶　妇人会说
从这里回家

辗转过后无所适从
你爱上的是另一颗行星

我陪你看了三个月的故事书
在漫长的时间线里无足轻重
人们嬉笑嘲讽　对着怪物
丑陋的鼻孔　一沓木头
在阴湿的雨里采蘑菇
我们说咖啡应该喝热的
泡一把、一箱棉花糖
无人理会　长篇大论
凋落的胡渣　老生常谈了
你的先驱　在鲜血外飘荡
找了一个位置　祭奠末世
第多少次挣扎、耸动、修订
为你肩上的太阳花
何时进入光点的尽头
像个忠诚的义士
放浪形骸　再献一次吻
海风勾起粗糙的皮囊

已航行太久了　我的朋友
炊烟是精灵的线圈
被你的咳嗽声打断了
明天的拼图已经混乱
我此行不太顺利
人世嘈杂　魂飞魄散

不曾听见神的引导员

十字架和烈火烧毁的彼岸花

漆黑的残羽　一颗骨头的节点

循环往复　穿越大半个陆地

我愿从未看过四季露骨

现编一个谎言将赢得成千上万

人群的眼仁是崭新的虚无

不需要付报纸钱　通电　忽闪

钟楼塔顶也有最佳信号

只需要拾起掌心的红痣

那是婆娑枫叶的尸体

哭闹、啜泣、哑然　由生到死

壁画上面写着　都是泥沙

点起灯来　无法装载

一百只蜗牛在漂

沼气困住了来宾

声音飞不进来

你看　欢愉在石像心里

愚昧的喉头从变质开始

爆发的痒不可耐　层层叠叠

爬上你的脸

公式　用仁慈来总结

像海女一样流淌

消失在岑寂的地方

接受审判的最后
那是使者召唤或命运的遗恨
从无边的苍穹
打开一只苦的囚笼

暗蝶

在这最后一班列车
航线划破了月的假面
有人在耳边低语
孩子　你什么也得不到
像只僵尸投其所好
让机器固化了大脑
我不是　我是深林幽冥
一阵风　听过断喙啼鸟
最后一次奉献尖叫
跟我去远方
那里有复生的玫瑰
带走这分离的魂魄
人们破胆的战栗
都是从灰色地带开始
为何你就不能
我在海洋的远端无情地嘲笑
莫非地底的蚯蚓就不被啃咬
带我离开　在光消失的最后一线
谎言本该被乌云榨干

碎片的雨落下血色的天际

听我说　靠近我

打开你的喉咙

走到天晴的尽头

看不见人群的空白格

那里有一个太阳的背包

挂历

无声的一天里　提醒着自己
从南到北　旋转的屋子
雪花从墙上流下了
等待戈多　有人这样说
在愚昧的电视孔里扫灰
我们钻进去　很快就忘了
关于明天以及这份别有洞天
不许欢笑　闭上眼睛
攒钱买赢家的衣服
不穿鞋　但是要向后走
像个乖张的疯子　吵闹
翻山越岭去得一粒
名为勇气的药　胶囊或者粉末
苦涩地涌入腹中
还是不要开口　依然埋葬
像腐烂的盘尼西林　混在地下
精灵陪它　悲哀老人的鼻子
咳出沾满泪的痰　暴躁
路人的权力最大

当我们牵起手唱彼此渔女
听到他们交谈　即便日出也是
多么心甘情愿　伤痕累累
找到了吗　新的指导

海底隧道

当她走进海里
世界开始清醒
潮水混沌的声音
陪伴过她摇篮时的恐惧
然而如今　灯火通明
男人递给我烟斗
调笑着往鼻孔里灌灰
女人的眼里都是毒药
天旋地转时候最玄妙
但是向海里　地中心灿烂无尽
化作那一片片坦诚的泡沫
消逝在笑容的深处
就连颤抖的睫毛也唱歌
走着　走在地平线的红色
钓鱼的老人挽起他的袖口
做梦　顺理成章　义无反顾
摘下月亮和勃鲁托斯*的一块面具

* 勃鲁托斯:指莎士比亚悲剧《裘力斯·凯撒》中的
　主人公,理想主义者。

46

迎来一趟无人驾驶的纯白列车

没有符号　只有虚无　苦行僧寻乐

小号声悠长　行人爱别离

海水涌破了心头的圆圈

嬉皮笑脸　画一张网

罩住梦境里　芸芸众生

布列瑟农 *

开往布列瑟农的车上
有男孩对我笑过
也许在他心底某一时刻
比如海鸥过境的那一刻
他想过爱我一万年
不比我能给出的差
在星云闪烁之外
就像犹太人通往耶路撒冷
不牵手　不接吻
连一句情话也不说
只是放起了遥远的歌

我曾用世间最利的刃
狠狠刺进他的心瓣
又被世间最狠辣的毒蛇
一丝一点吞噬着

* 布列瑟农：加拿大育空河流域、靠近白令海与美
　国阿拉斯加接壤的小村庄。

48

我从不对人说起
未眠的深夜无法吸烟
梦里又造访不少过客
冬雾下了一整日
模糊了窗面
告别莫斯科的郊外
眼泪依旧少于爱
归来远走　他们不懂
不起波澜的湖水旁
钟声早已把我的心敲乱

开往布列瑟农的车上
有男孩对我说过
一些幼稚的话
我什么也给不了
就像经过雨淋透的莽原
知更鸟也落下泪一滴
世人大概有所不知
风霜铸就灯塔
鹰的心脏坚若磐石
在飞跃雪川的那一刻
掌灯人就离开彼岸

风车

我是活了　还是死了
看到明日的太阳溢出唇瓣
还是低卑的嘴脸放下厌倦
应该带走　夏天　还是昨天
令悲鸣的鸟啄伤我的双眼
将伊丽莎白的名轻轻默念

我是活了　还是死了
巨大的海浪滚落在尘世间
女人流泪的纱罩不住清闲
彻夜吟诗　歌手　或流浪者
唾弃黑暗之源已肆无忌惮
执意将背满光的盛名镶嵌

我是死了　还是活了
蒙马特风车在第二世界转
将尘埃里的眉眼捻成硝烟
仅仅结束　晨读　晚会一半
把心愿放在无人区里清点
企盼掌心印出清晰的航线

光阴园

年轻的我的朋友
十四年前我们牵起双手
在浸满阳光的草地
晚霞泡过牵牛花的尾
鸟儿褪去云衫的时候
白羽在眼前飞落　晶莹泪滴
塑一个秘密花园　无人识你
透过缝隙　精灵在繁茂间笑语
滚烫的盛夏　身着绿披
风的游船上　歌音漫长
流星挽过夜半渔火
旧忆如同药引　疗愈冰川深处的鱼
万物苏醒　仅是一段心的距离
推开支离破碎的画扇
我们向前走　睡在栖息所
已是与世隔绝的天地

年龄

十五岁写下的诗歌
人们说你故作深沉
我在阳台上饮吹雪
打开一本书　　只是坐到天明
忘了交代　　当时是在黄昏
十七岁爱上一个人
人们笑你少年天真
蹙眉就像隔壁　　戴花环的男人
如果幼年　　值得嘉奖
倘若青年　　无病呻吟
八九点钟该配单纯
七十岁　　倘若记得初恋
便是让人畏惧的情深
等待遗忘　　只是这样
在餐桌上讲灰白笑话
然后塞进运行中的冰箱
发放快乐送到人们脸上
滑稽替换底色的荒凉
将血液嵌入伪装的日光

但我不喜欢抹蜜糖

衣服穿深色　渡我影子

轻蔑、慈悲与打量

最痴迷煎熬　伴我在白昼

如影随形　不必商量

同生皱纹一样

张贴

张贴灿烂的午后
我来到破损的纸船
或来或去　毫无根据的纠缠
盛满雨水　不被关照的雨天
只有分别的情人彼此痴缠
如果默哀　因为独自撑伞
路过巷口旅店　踌躇过整个秋天
仔细端详着　那部半世纪的名画
全当世人只爱华美之章
来装点自己房前
所有一切被厌弃的　有关暗淡
不过是女人眼底下的两片
想把自己交给世间
对毕竟人人孤岛连绵
仅仅酒杯碰撞的瞬间
令灰雾般的残月收敛
漫无边际的钢琴键
扯着默哀的尾声向前

可能

再往前一步　断壁残垣
冰凉的蛇信子吐着风
分明看清了　面前的幻彩
正是远方的　自己的眼
流下泪来　无可奈何地诉说
求不得的答案　早已在心中
生根开花　轮回世外
不得忘记过往的毁败
把世人眉眼勾勒　如此清晰
像是最后一支挽歌
等待有人为之痛惜

再往前一步　如同泥沼
踏过的这一条无声的路
自愿放弃了　前生赞叹
落下逗号　乘了不完满的路
总有一天　年青的皮囊老去
比人头攒动的水泥路
层层沟壑　却要柔软

看　门前绽放的那朵无名花
它的一生就是这样
从无到有　化整归一

鱼群

黑夜局限了我
将我化作一抹
笼罩僵局的衬布
人们拥挤着
像鱼群一样
将我的心口划破
从咸如泪的浪潮
奔涌而出
使我渺小的一粒
醉倒在布满荆棘的海洋之森
荡漾、徜徉、流浪
冒险之神的赞誉
遮掩彼岸的自述
刀板间的鱼口吐珍珠
风一吹　便绽放了心骨

星期三

灰色的星期三
途经笔直楼宇
隐形的少女在掌心跳动
汗流浃背　招摇过市
假扮莫奈的画笔
残羽落了一地
秋季的夜空荡荡
孵化了四只麻雀
白净的气球破土而出
虫子啃咬　钻了进去
伴着风流时刻
高远而发亮的脑壳
阳光折射出一个圈
从中照应耻笑的影子

另一个

走出疯人院的第一天　踏入良夜

银质牢笼上挂满受伤的奖章

来不及解释　乘坐大巴的时刻表

写满了数字　写满了文字

人们成群结队地走过

漫不经心、得意

自作聪明、卑微

眼泪被太阳雨后的泥土埋葬

口齿清楚地获得生存技能

却无法在风中生起一团火

肆无忌惮地燃烧　温情的最后

灰烬散去　颓靡的冷　彻底

如命运消逝的片刻般痛快

前半生　做流转世人眼中的优秀家

后半生　做撕下皮囊的丑陋疯子

在下雪的早春起舞　画像流汗

潜入鲜为人知的维度　做白日梦

乏味的虚荣　无止境的追逐

在硝烟扩散的前一秒结束

微笑　以昂贵难求的香水四溢

驱散在男人的鞋尖或女人的发梢

行走　飞奔　只有一个方向的拱桥

望眼欲穿的这地步　描摹天路

真正的乐园　关心无度

挣扎　等待　捡一根色彩鲜明的羽毛

令吃草的绵羊长出多余的犄角

在隆重的辩论会上修习缄默

在适合倔强的擂台放弃起舞

翻阅寂静　填满空洞的眉目

终究开始　深海的归处

蛰伏

苍茫的岛屿　仅仅一束光
摘落与生俱来的双翼
早已献出　我的心房
滚烫的境地包裹着冷眼
支离破碎　相得益彰
纵使云天不会问答
游戏时分　浮影荼毒
掉入一个无底的怀抱
等待　像死去的音乐家
寂静　便是一万种魂魄
只有一个选项

翻涌的潮汐漫过书角
同样打湿了眼底的泪痣
枯萎　如同一万种可能
只有一个结果
在冰冷的地球角落嘶吼
把彷徨印刻在过时的脆弱
质问与神对话的无果
逃离编制中的动物世界
化作隐埋心中的歌
蛰伏间　刺穿浮华尽头

时代广场

如果再相遇一次

我们乘车去时代广场

车头的裂痕镶过红漆

就像年轻男女　为彼此流心头血

布满空洞的夏夜　月光发腥

萤火虫飞不遥远　近在眼前

手心里只剩疹子

落下的钟楼肃穆宁静

祝福过鲜为人知的往来

在飞升的礼花下　触碰双眸

每一次阔别下的陌生

刺痛游子　发涩的小号声

隔着最透明的风　寂静想念

被认作偏执的罪犯

与长相深邃无关　灯火延绵

你应当化作日光一缕　或者我

不在黑夜与梦会合同聚

转送枯萎的月季互相成全

在闹市牵手　背对着忘却虚幻

素昧平生　祈祷外忠实的誓言

玛丽

我站在烦闷的夜中
玛丽站在不远处
我起没水平的名姓
玛丽笑我烟火媚俗
她伸出的双手绕着花旋
撕破了繁星的布
自此她说　有人来到她梦边
说她是珍稀的一个
偷走凤梨酥的那个贼
在墙边掷绑带
登上去是一座城
牵拥彼此的影子佯装浪漫
她说　莫叫她等
直到吃下一块砖头的灰
抖落的浮华
溅在街巷的灯尾
有人捻起破败的狗尾草
废墟
我依稀能够复活她

走进鲜为人知的
钻入眼瞳中看故事会
行走的风正在刺耳
张三李四　云云尔尔
百无聊赖里唱过祝福
就像断线的气泡
外太空间讨生活
做个罩子里的人　她说
我便将这沉默得道

焰

登上昨夜的殿堂
思量梦里她的面庞
晶莹的珠泪擦过地狱之锁
沉重涅槃　难得温柔
多么宝贵的石之花
在光明中毁败　竟然绽放
亲吻的痕迹提醒着魔鬼的心房
震颤过就要死去　在众生天堂
烦琐的语句　呢喃的声响
银雀在午后为利箭中伤
我却只要看到你的眼睑
将这抹穿透魂魄的虹徜徉
一次次刺入破损的皮囊
只当是流连片刻的幸福
如同罔顾前世的忧伤
见证你羽化成神的模样吗
不会　堕入美丽新世界
才是最后的故乡

画宙

月光剥落陈旧的冷夜
赫卡忒*光临梦中城墙
川上明镜　云下红莲
原始部落不断攀升的篝火
照亮未来来访的考古者
绮丽的唇　勾画浓妆
等待千年　无休无止
成为梦想家所付出的代价
易折断生前庞大的翅膀
疾风苦笑　烟雾苍茫
独自旋转而翩飞的舞者
就快要触到天堂的温度
尽管下一秒坠落　在滚烫地狱
被现世的吐沫一点点活剥
流泪　挣扎　错怪一幅名画
双目紧闭　钻破星河
要这无解的无声开路

＊　赫卡忒：古希腊神话中的女神。

66

就快要看到明天的曙光
终究属于多少牺牲的胜利者
呕心沥血　万种风情
萤火虫窒息在空洞容器
来往的枯浪将利刃磨平
应到最后　浮冰碎落
应到醒悟　万物虚无

黑与白

划一道白
面具为它浸染一种黑
于是寂寞的白　负罪的黑
在一片颤抖的喧闹中
变作明晰的灰
灰落在白上　寂寞变成离奇
灰落在黑上　负罪仿佛清白
灰落在泪中　化为离人的月亮
月亮不会开口　琴键在夜中作响
万物之音无声地流淌

跳一支舞
伴侣在痛苦的分合中成长
红色的天际渲染了冰川
为混沌保留一片蓝
遗世独立的蓝　万籁俱寂的蓝
如同美丽的误会　突兀的约定
蓝消逝在魂魄　成为绝版的传说
传说如浮名伪装　悲戚从浅薄吟唱

在漫漫长路上　歌声此起彼伏
流不尽　人类的耳朵
是未名的真相

仰望星空

当你站在深夜仰望星空

星空望不见你　只有银河

缥缈的路漫长　如同故里

或许　你已经忘记来时的路

等待走向最终的归一

提灯的人们自认为

照亮了惺忪的世界

灯罩写满了过去的篇章

如同循环未解的谜题

谜底就在真理的怀中

在司水之神的背后歌涕

虚伪的水草缠绕新尘

衍生的长风呼啸山庄

太久了　已是告别汽车的鸣笛

我们挥手　抛下了原与罪

身在其中　好像痛快　好像入迷

寂静中听到远方的呼唤

光落下来的时候

将碾过巨大的沉湎

流离塔

带着堂吉诃德的英勇
往前走　到冷冽寒山上去
风要带我走　我执着不肯
仅仅需要一扇屋脊
承纳这无处安放的魂
我请求不断回归大地
悲哀地苦寻亲朋众人
沉浸在墓中的川水
如何才能逃离
已然穿透　未老先衰的心
多少无用的机智　被忽略的愚蠢
一遍遍毁败和重生
一遍接一遍重新死亡
难道我只想怀抱烈日
直至彻底地消融

妄图在人群中找到归属
将那可恨的寂寥吞没
我要从此上交清亮的月光

在一无所有中继续摒弃
不再拥有、丢弃、失去
将那泛滥成灾的无心无情
安一个支离破碎的巢
要命运推就我呕心沥血

我哪里拥有那等伟大
只是可耻地宣战子了
永无止息地付出以及给予
使疼痛的傲然长久肆虐
在无尽无垠的黑暗里
我不属于任何人　任何人不属于我
总有一天　我杀死了孤独
孤独也杀死了我　正如痛恨
囚禁中的缠绵　正如恳求
忠实的誓言原本便不存在
我抖落无形的双翼
肩胛骨却依旧贯穿铁链
无数次祈祷　成为受偏袒的孩子
在不需要的章节中重复出卖
不存在任何怜惜的残酷真相
确无可能　在无声中反复观看
上一秒壮志柔情　下一秒厌倦成习
苍白恰到好处　悲哀地包含茫然

面对剥离世界的眼　索然无味

我是百转千回的离人　未有一次
哪怕一次　如此情愿
是的　正如叶甫盖尼刺穿我的心
我或许可以心甘情愿

飞行

薄雾散后的首都机场
坐在修长的椅背上
好像才从鹰翼掉落
找不到回音的树穴
灌满了去年的银杏叶
揭开虚伪的面罩　黑熊吃掉蜂蜜
左右间隔的溪流只能串成流星
虚无从几双遗落的眼瞳四溢
喷泉一样收容信任的代价
在我最饥肠辘辘的时候
一口气吞下一家餐厅
但心脏总是比胃早一步
好像我们是遥远的白洞
等待已久　没有逆行的追光者
来送铺满向日葵的轨道
汽车无法启程穿梭　滞留在深夜
点烟的人抛弃了燃尽的烟头
火星坠落在地的刹那
回归了土壤的胸腹

生命不因隐形的盛名破败
喜怒是浪费逃匿机会的惯犯
零落的秋风不止一次提醒
在我们脚趾抓地的时候
鲜活的耳蜗受到触动
无知无觉中　流云变幻
树枝已伸展更长

舞舞舞

在寂静的舞台上
她是失去双翼的天使
来看世俗的演出
由远及近地看　她是幕前的演员
事实上　世俗才是反复的演奏者
幕后才是旷远而盛大的荒原
在烈日升起的地方颤动
不曾想过　找回那稚气的翅膀
只是踮起脚尖的距离
仿佛能触到水面上漂浮的玫瑰
好像命运莫须有的陪伴
交叠着宇宙无解的谜题
今夜就要远航　在星星之眼的注视下
翩飞的舞步令她比往日
脆弱而神圣　只因真理召唤
在一个观众也无的舞台
她是灯光熄灭的终点
欢呼随风离开世界的角落
只要一束生生不息的蓝色火

火焰燃烧、破败、旺盛
直到腐烂的舞台上
岌岌无名的画作里
她是光线的起点

归路

阳光在米色书桌上
静静地飘　很久了
不照镜子　观看若有若无的
法令纹会一日比一日加深
不过问　同样观看友人的成长
稚气会一年比一年浅淡
直到最后看不见了　成熟蔓延开
像冷翠的河水　迭起的薄雾
远处的鸟远得看不见了
开始　比以往任何时候更珍惜
加倍地痛惜青春的存在
恬适的光承载着
被忽视、清浅的韶华
好像降生时候的哭泣
老房子下的笑声　搁浅了
只是一年比一年更宽阔
人与人之间的缝隙　缺失　猜疑
失去少年神勇的刹那
就像抹掉曾经短暂的战绩

没有人愿意承认

通透后的无知是必要赢家

在冰山的顶部穿梭　坠落的片刻

就会知道　那是黑暗的一角

海洋将最后的我们承包

前提是不会淹没、不会覆没

直到世界的底部孤独打开一扇门

走进去　那是生的亡、亡的生

是英雄的归路——灵魂的故乡

雪灯

秋季十五日　第二个街道
路灯下　我在等你漫步
黑色疏散了我们的瞳孔
浓重一直嵌到夜中
我问你什么是永恒
你说　这就是永恒
我说　等到下雪再次见面
就像开灯是为了光明处世
关灯却是平静的掩埋
阴影足以遮盖真相
只要在暗淡处　污渍便可以视而不见
但只要一束光　你就会飞速跑开
腐烂的鼻息也叫你不好受
那时你所感激　取决你心底的门
如果要你在漆黑之中接吻
你便看不到对方是小丑或钢琴家
就像你张开眼睛也无法辨识
小丑的内心　或教授的内心
你无法填满心底的仓库

也就无法辨识甜点发挥的作用
当雪花飞散到尘埃的踪影
覆盖和消融　融化的片刻
便无人记忆初见时分的欣喜若狂
只要日日相见　就会常常剥离
淡忘是最成功的谎言操控家
乏味也来凑热闹　占据你的温度
把自己变成一片雪
当我们看着对方　知道应该这样做
疾风飞旋的莹白还在升腾
夜才造就新的美丽

以童话名

时间　带走了逝去的爱人
带走了衰老的亲属
举手投足　流沙瓶中的沉淀物
如同婴孩备受宠溺的双眼
被众人唾弃褶皱的老人的脸
那是岁月以新装的形式涌现
停留　好像不是初次光顾
逆流中的孤独散漫
左顾右盼　过期的香水凋落
应寻天际间岑寂的月白
如果星球上只留下一人
将灵魂分为两半　开往飞船两端
将无数不甘心的平庸
化作奶瓶中的泡沫
如果只能拥有一个未知的英雄
当然后世还应执迷杜撰
于是分不清　世界包容了童话
还是童话构建了自然
在冬雪飞旋的起点　夜尽头

两个影子相拥起舞

宛若一首末世的歌

点燃的蜡烛剥离　腐烂

火光之下是凝结在伪装的破败

然而承认损坏　成为最难之事

在人群中手持执念的痴子

应该换一种进献的方式

老生常谈了　将新意灌溉时空

让径自欣赏的罐头齿撬开

轮回长在鱼脑中　丢失的记忆

从惺忪的十分铺排开　等待

最后一个结局　等待

空之境

我愿到那空之境去

让世间所有空白格

将戏谑吞噬我的人生填补

我愿沉浸在三万里深处的海水间

听斗石敲击　应万物生息

看不清人们脸上的惧与喜

我便浑身生满鳞的甲

在水天的边界

抖落了通身的蓝

你问我岸上人的脸色

云云尔尔　此消彼长

你问我归来复去之远

我没有什么能告诉

我便到那空之境去

缥缈虚逝　虚晃荼毒

走过一地虚无

岛

有一日　我们彼此相连
却找不到彼此的存在
世界就像一个巨大的水球
即便浸润的光也错落

沉闷　一声不响地压过来
在这之中　练习默语
连一片影子也触不可及
我们现在无话可说

可是过去　我们可能
赶在宇宙大爆炸前相遇
追根究底　时空限制了我们
笼罩在屏障里的雾气
提醒着罪恶的曾经

太空虚了　这座庞大的无聊的岛屿
纵使我们已经生根发芽
水球涨破的时候　就会灌满全身
湿淋淋的　好像在植物园
我们睁开双目的时候
反而警醒地沉睡着　无知地承受着

心里有说不完的话　都淹没了

或许应该早一点节约用水

以至于嚣张的时候　有点资本

面对漫长的黑夜　我们

不曾做过自己　我们

躲闪着告别凡所能遇的过客

在近在咫尺的地方　理所当然地丢弃

比厨余垃圾更高尚一般　践踏

或者充满漏洞的缘分

比漫长的海岸线还要破碎

每当我们重新捡拾　就应知晓

昨日的人已经死去这一刻的留存

仅是一段灵魂的缝隙　比银河宽敞

这也是我们无法相拥的道理

对镜而视　我们　陌生地抚摸轮廓

纳西索斯*就藏在与生俱来的本能

但还要做无心出逃的牢中人

扯比夕阳还要美丽的谎

直到战争把一切分解

直到和平把一切分解

直到死亡把一切分解

----

* 纳西索斯:希腊神话中俊美的男子,因爱慕水中
　自己的影子而赴水求欢,最终溺水,化为水仙花。

直到所有心碎的静止　腐败的终止
令生命的牙齿咀嚼其他生命
让干脆的谷物和可爱的肉类
把腹部日复一日地填满
即便如此　谁又能解决一颗凌乱的心
如何引导它漫不经心的跳动
使之长一只望见灯塔的第三眼
抚慰它在喧嚣的尽头飞散
在最狂妄的时候乞怜　卑微
要拿往后的铺垫夺取　太遥远
让循环往复变成相思病般的存在
我们已经不是首次呼吸与啼哭
就像四点钟方向那个婴孩
有船已驶向珊瑚群
它以为离开了一座岛
其实只是开往新的一角

美丽新世界

酒过三巡　让我们肆无忌惮
揣测　放飞物质世界有关
枪杀魏而伦的兰波
到底是清醒的　还是酒醉的兰波
命运像一个六棱体
深处镶嵌着宇宙的光泽
意念掌控的美丽新世界
斗争与和平在旋转中闪烁
时代更迭与哲学碎片小说
终于在微醺的篝火前聚会
思绪升飞时　彼此足够坦白
在隐形中收藏神秘的执念
仿佛寂静的晨昏有机器作响
当我们唱歌　欣赏旋律
不必开口　愿望已经流淌
一段胜利　一段沧桑的沉默
敬业的演员　剧本散落
跳伞　越过阿拉斯加海湾
短暂地拥抱着　安然地分离

将孤独的环羽追捧

王冠般　搭乘出游

每个人企盼过　不再企盼

长出双翼　卑微与卑鄙　流连与痛惜

贯穿心脏的　是一道灰白彩

映射出万种反复的气味

在悬崖后　沸腾的星球

浮华褪尽　从此托举

遇

众生写下传说

机关玄妙与漏洞百出

如同世人歌颂爱情

清楚　不清楚其中诉说什么

仿佛山风过境之时

旋飞的一粒尘　来到面前

已向上苍祈求了多遍

并非无缘无故的　这世间

清晰　不清晰的凡俗解释

逃不出　过往破碎循环的圆

静默地　走向皑皑白雪

一时半刻　山风也变成暴风

卷席着虚幻的末世

人声鼎沸　日光倾城

唯你无情的刹那

虚幻将我吞噬

末世也幻彩

极

透明的信息裹挟双目
膨胀的热气球飞跃火山
在时代的两极颠沛流离
风浪向坠落的地心聚集

水汽蒸发　间隔着荒原万里
喧嚣而甜美的无望
戏梦里疯狂的呓语

无解的询问　消逝的唯一
在阻碍重重当中离间
幕后主宰　设计后遗忘空白
思绪飘荡　留下阵痛和悲哀

像一场雪后的哮喘
抓取稻草而不能痊愈
任战歌谱中的寒气扩散
徒劳地修习夸父本领

平行世界里的幻影
在褪去昨日的凌晨
发现真实的自己更远
挥手的未来　已然痴念

异常的维度　可怜的空间
退化的言语　消弭的意识
人群将灰蓝的雾霭拥挤
孤立为淡漠的私欲镀边
当我们共存之时
我已是逃离中的背叛
当我们再次并肩
那是最后的出演
仅等一团苍白的焰
将谷底的破碎点燃
命运如出鞘般雕刻
削出灵魂的铅

动物城

夕阳落入远古的夜之城
火狐托举陈旧的花冠
登上宝座　是新的王
在这盛大的欢庆面前
痴傻的嬉笑也在烘托
遍地铺满花月剪影

无知的喧闹无可替代
流泪的狮子放下纸笔
走向盛满瓜果的白兔
笼中黑熊已经饥饿多日
在新鲜淘洗的空城
像极了人身马面

起舞过程看不清撕咬的脸
好像故事在翻篇的过渡
约定里出口　何人喧哗
他回答　混乱的家园

2

绮丽的四月　等待荒谬
微光挑逗着安然的春色
紫色花蕊点缀了身旁的绿萝
披着盔甲的白牛掉落山湖
做梦　烦忧　爱上一只遥远的袋鼠
妄想回归栅栏外的世界
等待地下写满天然的新规
海浪翻滚　正藏在鱼眼睛
流泪的豪华游轮卡在深处
惊慌的幽灵无处住宿
厌弃骨架累赘的人类
天空下不止一次抛锚
蓝绿交错　困扰的球

3

北风在岑寂之中来访
冰川画像挂在墙上　燃烧
大象的脚趾碎裂　雪狼眼眶
在黑夜中闪烁着诡谲之色

落魄的废墟　烟雾央的高塔
倒塌与重建　新式建筑大楼
从森林的深处开来一辆列车
沉默的、嘶叫的列车
月亮换下　太阳在云中高升
听　细雨途经前往的灵魂
流浪的爱曾在平静中沸腾
掩饰群星的人群　在歌剧院
觥筹交错　彻夜欢醉的声音
总有一笔清丽的独特
无眠无休　嘈杂中已经昏头
有人说那是叛逆的愚者
仿佛要把银河涨破

哑剧

列车离开茫茫的雪原

遥远的天际　日月同升

我问幼时的你　分别的滋味

大雁盘旋　冰窗前的眼睫

留下一帧帧　印记

与岁月共生而纠缠

与挚爱的热爱两断

我问你　为什么在无数选择中

建立这一个

我问你　我们为何相遇

又如何相爱　为何如此相爱

却只能在隐埋的尘埃中相依

指尖和字符的距离

爱而不得的禅语

芸芸众生中　难得找到彼此

却是无法呈现观众　空白的票

自娱自乐中　永不能止息

我们为何不能相爱

春日中的樱桃　凋落的白梅

一颗石头也有自由的权力
直立行走付出更多代价
多余的思维理应重生
悲怆的音乐盛满礼盒
讽刺的来源尽在其中
是否是最后一次相见
最后一次落笔
时光如水的瞬间
仿佛停滞的世纪

告别

静默地坐在案前
亲吻流淌的文字
如钢琴家指下流淌的音符
迸发的刹那　好似深夜的火
模糊的时刻掩盖了世间
纯净水中落满了悲哀的灰烬

最后一次　彼此割舍、不舍
在一场寂静的阉割或者屠杀
仿佛看到莽原上的羚羊
只是在跳跃之时　触及天堂的温度
只是在落泪之时　尝试痛彻与领悟
最后一次　无解有解、告别
稚嫩的求索过于戳破
透明的屏障中　发布和解消息
落下　最后一个符号
心脏在永恒刹那间休止
一双眼关闭、开启
归去　是无尽的停歇

归去　是无声的归去
在宇宙汪洋的深处
落花有序、无序

海的魂

簌簌的木叶沉入冬雪
含香的风铃在云中苏醒
素雅的女人的手
描摹着绝望的、澄澈的
月亮被短暂而长久地偷走
注入冰川般的灵魂　深邃的底色
真实与虚拟的书章
在交缠中　时间无尽地流淌

夜半街角的黑猫留下
微小而深刻的爪痕
如风掩入鲜为人知的皮囊
受惊的兔子　海德格尔言说
高耸的现代楼和罪恶的深巷
长满新鲜的丑陋　不同的高尚
在空白处嗅到繁杂的滋味
当你翻开一页　依旧无常

重新观看世界

世界是一盏灯、一扇门
钥匙吞入魂的腹中
仓皇的、清明的
万物之光神隐而交替

重新观看世界
召唤的梦是升腾的灵
痛恨或怯懦过　爱的双目
消失而永恒的记忆
倒映在每个人包装的心脏

世界如一片海　泊着许多船
漂流的玫瑰与海共生
万千星辉　船来船往

简

看到了吗？

窗前的，那株幸运草。

不是玫瑰，迷人地芳香。

不是罂粟，致命地决绝。

不是茉莉，清幽地摇曳。

不是荷花，傲洁地瞩望。

只是，一株幸运草，

没有青花的华瓶，没有肥沃的土壤。

它不是蜡梅，那样坚韧，

它不是仙人掌，那样顽强。

诚然，它只是一株，

美化了称谓的种草。

笑是凡，悲是凡，

降落人间的化胎，布满凡的尘埃。

注意了吗？纯粹的碧绿，

阳光下，草叶上的露珠，

睡着安想，犹梦昨夜的清月，

破空的星雨，在那里俯瞰。

不需要像蔷薇，可爱的娇丽，

不需要像牡丹,明艳着悲伤。

它的身上,刻着入骨的简,

比一块布朴素,比一张纸纯净,

就是那样,无故的简单。

没有多余的倾诉,

没有额外的吐露,

没有本性的欲望,

憧憬着,永远的张扬。

不是蒲公英,

能撒开遍地的种,存活于各向。

不是野古果,千年亘古的夙愿。

而是简单的草,活得简简单单,

不在世事里,苟求着渴求,

不在混沌里,悄无声息地沦陷。

不是紫藤萝,生长在玉立的墙边,

没有强大的野心,一朝澎湃。

不是梦昙花,酝酿一世,

只为一瞬惊现。

仅是一株,名作简的杂草,

在阳光下灿烂,在深夜中沉醉。

赏春雨,望残夏,

知落叶,眠冬涯。

当海风吹拂,挥一挥,翠色的衣袖。

当白云浮浮,抖一抖,纤细的裙带。

当白云苍狗，当沧海桑田，

还是那株，不羡杂事的简的草。

活在自己的生命里，

听风的声音，看雨的笑颜。

当雄山的石子，化成最后一抹乔灰，

当青天的惊鸿，达到最后一片彼岸。

当水花迸干，当火苗忽闪。

还是那株幸运草，在窗前。

看遍繁花落尽，看尽繁花落遍，

还是那株简的草，依旧简简单单，

没有恸哭中历练，没有历练的恸哭。

没有错过中过错，没有过错的错过。

回酌，瞧那浮生一缕烟，

彼时，一切皆是简。

（写于 12 岁）

往·往

我也曾在十二岁流连生命
仓皇失措　痛哭流涕
我也曾在十七岁穿着牛仔衣
阳光浸透我的雨季
我也曾一遍遍越过掌声
持续享乐　乏味笼里
愤怒的时候　不与人争执
难过的时候　不透露泪滴
百无一漏　身披名誉
慢条斯理　又要井然有序
我也曾丢掉骄傲后
手术麻醉　重把剧痛熟悉
我也曾热爱光荣的所有
直到疲倦让我再呼吸
假装像王一样　称霸或规避
我就是喜欢在累的时候
一点点烧掉自己
放弃数字与追名逐利
看破泡沫的来去

看着归零的快感挣扎不息
人们羡慕困惑或惋惜
不屑一顾　无所顾忌
光要抵消在光的世界里

梦之曲

我走过海光护送的古道
坐上名为阿利亚的汽车
飞机线卷起的烟云
将逃难的惊鸟诉说
我卷起花边的裙摆
破损的短靴摩挲踢踏
在走不出万虫争鸣的夏末
终日跳这夜之华
直至嵌入地下
投失的弹药击中我心
迷离火光燃烧他们的眼睛
遥远星际有一粒不为人知的种子
寂静里观看这狼狈的残破
宇宙开合的刹那
跨越银河化作游魂
来到我的身边
放开多余的头发和脚步
在深水的尽头细细荡漾
笼罩了温和而破碎的光

有多少人是这样过一生

把蛋黄酱抹在隔夜的面包上

嘲笑穿过鸳鸯鞋的人

我将跳离不完满的圆圈

拾起在边缘败落的红宝石

将它供予伤痕累累的演奏台

流浪者在钢琴会外唱慈善歌

熙熙攘攘是否牵起手来

将玫瑰色的半空淌过通透的泪水

先知的衣衫躺在服装店的纤维里

有人笑着为你擦拭脸上的炉灰

透过模糊的镜子看到

自己身后空无一物的影子

任孤独吞噬的城中的一分子

掠过苦涩的汤药

学会万事抛在脑后

快同我在白雪的尾声共舞

散落的冰珠衬在你的肌肤

溅起夕阳微醺的蜜色

嘈杂中破口大骂的真情

没有更动人的曲目

孤女

站在阳台上的女相士*
将钟爱的美人鱼摆在花盆底
红土间长出一株新鲜的枯芽
向前看　波光粼粼的海面
游船经过白昼的薄雾
场上投篮的少年

其中一个　透着清亮眉目
看了一整日　她鬓角闪烁
经过夕阳的打磨

不过是愚人丢弃的钱币
海市蜃楼　年轻荣华
如果船使曾经触碰鱼唇

会否褪出苍白的鳞片
掠过飞鸟盘旋之地

直到天际降下血的徽章
无人光顾浮粉的余晖
冰蓝上层起的泡沫

* 相士：即旧时以谈命相为职业的人。

109

是天使入眠时

舌下激越的音符

栈道上的脚印在漂流

跟随递进的云升入天堂

美丽奇异新世界

多见证一次

她一生只落一个吻

在梦里　容颜外的灵魂

以太 *

在同一时间　走同一条路
望着寂寥的人流　浅薄的雾霭
我狐疑地站在天空下
昨日这里还风景美如油画
今天便滂沱大雨般我的心
在无声的战场中覆灭又重生
我佯装自己是知晓月球模样的人
虚幻将我下坠、重叠、上升
好像一团无尽的水汽　人们的眼睛
在言语的时候不知所措　习惯已经生成
寻找一份新的天地　好像在夏天
赢得一颗爱过植物的冰块
理想在植物的心中绽放、盛开、凋谢
像衰老的树皮一样　等到白发的一年

* 以太：古希腊哲学家亚里士多德设想出来的一种
　物质。中国近代也用作哲学名词，被认作宇宙间
　无处不在的精神性物质或世界的本源。

途经的汽车或许假装自己死去
驾驶它们的人经历各异
我们透过缝隙　将二氧化碳散入空气
被图书掩埋　坐在灰尘里读书的老人
依依惜别的中学生和单手别腰的亲戚
基督教堂上的红十字架　远山佛堂
衣衫褴褛的流浪人　热闹质朴的街市
木叶掉落的地方就像治愈大地的蜕皮
风把众人凑成了疏离的一团
都是它可恨的孩子　不理不睬
从明媚到灰色的屋子里
行走的痕迹暴露了游走的思绪
这一天漫长得如同斩荆棘
我们面对着脆弱的光屏
百无聊赖　好似万事如意
将虚伪的、真实的纷纷递交
惧怕与无所畏惧的也来一一兑换
接着在阵阵喧腾的沉默里
心魂爱上捉迷藏式的跳动、止息
麻木或找不到坦然之地
造一个卑微的浮影　让他来代替
接纳降生、哭泣与衰老
在另一个世界尽头的秘密
由翻越山海的先驱埋藏钥匙

由苦心孤诣的殉道者
在星河绕转之际深掘
其实没有太多释义
只是一瞬间　宇宙碰撞

月 下 园

隐月

月是隐在云里
憔悴纱窗
我是没有地方存放
终夜流浪
笑是孤岛上
影子太薄
缘由都已忘

余生在飘

我坐着
写茫茫的字
笔不出水
余生在飘
周围的人们
隔着乌茶玻璃
在哭、在笑

陌巷

走在深夜里的小巷
邻家的姑娘
梳洗上妆
天际一抹白月光
穿透弹指岁月
抚摸她的脸庞

踩在雨泡了发软的酥桥上
我撑开一把萧瑟的伞
只迎来一只孤泊的鸟
高傲的羽毛一不留神
掉入泛起涟漪的心房

火红的枫叶凋零
长河直奔远方
两只不知名的鱼儿
在浑浊的浅滩里
留下相濡以沫的印章
于是　我将一朵彼岸花

别进她的发
乌云腾卷的时刻
待她把一颗晶莹的珠子
葬在枯败的芬芳
从此　只留下世上轻痕两双

夜禅

那一夜　我听见风声雨声
山间翠雨寒烟
奔向佛陀罗极寺
那一夜　我嗅见百花芳香
双手合十蒲团与共
读我心中的禅
不为天际高挂的月半弯
是谁的眉梢
那一夜　我享尽清风
以为那就是我的情
比流水轻盈
胜白雪廉洁
那一夜　我望尽长烟
以为那就是我的念
比磐石坚定
胜山雾迷离
那一夜　我诵经、吟禅、浅笑、悲戚
不为高台上的金佛
看穿我的心　用过来人的慧眼

不为寺顶的夜明珠
照亮世事的普度
拖谁渡河
助谁过岸

剪纸小像

你是我久搁窗台的剪纸小像
日日夜夜抚摸着你的瘾
暗自欢忧惆怅
待到每年新月渐渐荒凉
也不舍得张贴你的神韵
与旁人共享
怕春雷夏雨惊扰你原来梦乡
怕烈日冰雪褪去你本韵余香
静心呵护细细打量
最后却是我笑枯深秋泪落黄昏
浸透了你那静好的小像

往生

湘江寺前
悲啼划破闪烁星辰
瑟瑟湘江奔向画阁一角
秋尽惊梦里
有素衣枯槁的女子
烛豆泪泥
长风钻进
盘踞的树根下
时间藏起远方的秘密
冷清的大地的手
托了一只沉默永恒的雁

流光

有一天，我病了
周围的人
可以不递药
也不递水
留薄被压我在下
沉闷喘息

有一天，我渴盼病一场
有人嘘寒问暖
有人愁眉苦脸
全当我是自私自怜

这世界
让我病了
匆忙滑下命运的眼睑
坐在流光的鼻梁上
一伸手
就捞到生的涕泪

百里

我的故乡在远方
我亲爱的人葬在它烂漫旁
一到夜里阖上眼
便不知多少里路程
来日方长

剧本

掀开黑夜的一角
孩童在地上跑闹
星星没有说话

他们当我是愚蠢的人
分明参演喜剧
为何又落笔悲的高潮

我们·拥抱

灰色的蓝色的天
以及你无所事事的欢悲的心
大抵是上帝曾把悖论
种在我们相拥的怀里
令依恋背光不前
空了万重山

感怀

星星在悠远里撒野
长河在旷远上流淌
我就像那泥地里的虫
掩埋在年青的草场
啃食着发烂守望
偶尔懂爱的时候
嫉妒风于你面颊飘荡
后来一个长着哀艳的早上
风也带走了
我所有的爱与绝望

洋

骨头瑟瑟作响
火焰噼啪地在雪里颤抖
我挽着爱人的手
梦的声音给敲碎了
一片、一片掉在
我们的影子上
于是夕阳
渲染了整片海洋

黑夜

黑夜不能再黑了
天上星星都不见
那时彳亍辗转
那时流浪路前
我们站着并肩
不语的时候
头顶上风吹落叶
留下声响都是哀愁
吃剩的残羹冷饭

写尽

在我心里
已没有动人诗句
三百六十五行
为你枯竭
只最后一个字符
留下一滴
迟到欢脱的血

向阳花

已经不在乎
丢失笔下的字
饥渴的流浪者
让我穿上乞丐的衣
可我是自由的风
往来无回
只向天上的田地
只向美丽的花儿
绽放我自己

黎明后

躺在夜色的瘦瘠上
冷风的流动
掐灭了萤火虫的闪光
曾经潺潺的流水
滋养了袅袅炊烟
如今只剩冬雪
覆盖在秀丽的山上
山上，还有瓦檐上
白的将红的包裹
为它披一件圣洁的衣裳
星辰钻进云的口袋
一切都为黎明做铺垫
昂起头冠的雄鸡
一边啄曲径上的米
和着土一起
悲亢的歌音震碎沙砾
唱响　睡醒的黎明
人们坐在混沌的摇篮里
盘占找来一把生锈的斧

斩断暗淡里的念想
可还要等后羿
射下九个太阳
我们于是为这灿烂辉煌
欢呼较量

蚂蚁有桨

是一个十分安静的晚上
晚风轻轻地漾
漾在身上、漾过心底
静默地坐在墙边
身后是大片的纯白
眼前是茫茫的夜
放空了的悲欢事
流浪在一盏一盏
灯光是着火的密芽
蜜糖惹得好祸
蚂蚁在地缘处爬
啃食半边天　半颗心
一半一半　梦的船筏
我的桨　我的双手
是滚过熔炉的
怎会轻易畏怕

时光机

寂静的马路在月下休憩
疲倦在浅色的风里下沉
一盒蓝白相间的包装牛奶
使自我麻醉的神经苏醒
漫长而丰富的学生时代
闭上双眼听阳光密语
静默　以及继续静默
仿佛昨日一时的初现
面容如岁月　心思更换
太久了　一语惊梦
彷徨混乱里　有多少沉睡
皎洁的光里也能见到太阳
只是月亮足以直视
太阳却不能
牛奶易于安眠
恐怕有人会这样说
在品尝纯净的同时
让血液与自然融合
无声无息　无止境

青春纪

青春是一棵秘芽
岁月是描摹秘芽的图底
少年的心事大多秘而不宣
像童话一样流淌　心思如雨

如同绽放的夏天　翩然的飞蛾
在合群的地方做着叛逆的主角
在太阳底下奔跑
再不受限　关于故事的起承转合

或者挽起结伴的双手
或者轻嗅身旁的清香
像插上翅膀一样
不给彼此逗留的余地
可又偏偏洒下了
一粒一粒的逗号
每一粒都是一架船舶
奔向无声的远游

当我们学会叹息的时候
船舶开始张帆孤行
逗号就变成了句号
少年的笑　映在水中
从此有了波纹

一路

潮湿的盛夏　干枯的盛夏
即便是盛夏
也能寻到香榭的落叶
那不是秋季的限定礼和专属卡片
仅仅是如同水一样　山一样
从未大相径庭的　自然万物
每一道叶脉和你我的血液相惜
木叶枯荣　你我亦有青春年老

胜利的孩子　从不惧怕
看着自己头发生白的乐趣
像领取勋章一样
接受疤痕与褶皱
像纷飞的落叶与浮尘
任自己投身宇宙
汲取并且奉献着

于是　走过了
陈旧的、曝晒的路

途径巷尾的时候
你便对着最纯洁的百合花
说你的故事　说你的爱吧
日月星辰　和风甘露
就连深埋泥土的种子
也会静静聆听那
关于灵魂最后的鲜艳

荒漠

时间　不过是一个
令人齿冷的贼
至于从头再来
不过是你我把戏
把信仰烂在心里的人
拜倒在上帝脚下
后来他说
一切只是角度问题
经过荒漠旅行
背包和浑浊的泪水
途中通通丢掉
余下阳光
然而确是在天上

新海

深夜里的星辰
总是坠饰了
浩浩汤汤的湖海
湖海上的影子
总是星辰一般的波光
波光跳动的地方
火花似的闪亮
那是巨大的游轮起航
跨越千年的银河
历尽迤逦而徜徉

古老的风帆瞩目
迭起的春秋依旧
鱼群在遥远的海底
竭尽所能向上张望
海鸟拍动丰满的羽翼
不厌其烦　欲盖弥彰

赶海的、归家的人们

向着高塔的方向守望

渔火延年　月色清朗

渡过荒芜与广袤

是沉默的凯旋来到

年纪

从少不更事到失去记忆的距离
究竟有多遥远
是近在咫尺的呼吸
是历历在目的繁盛同荒芜
滋生的尘埃　饱和的光圈
褪色的相片　可以装下
一些茶余饭后的陈年旧事
只是在不回返的路途上
默默把孤单的车票升值
把心甘情愿的　恋恋不舍的
逐一失去

看过流光与风景　拥抱　且热泪
将顽皮浸润沧桑
最后你会是
街头巷尾最得意的孩子王

来吧　灰色的眼瞳遮掩不住天真
世界的尾声需要童谣的余韵

原来沉淀过的逸趣　如此顺理成章

踩锃亮的皮鞋　盘一盒发蜡

打一个蝴蝶结　安一口假牙

或许优雅踱步　或许温柔不让

试问谁不将你的可爱铺张

待到雏菊时

飞过飞鹰的眼睫
越过逶迤的群山
不见纷飞的雪意
已是皑皑一片
知名的、未名的脚印
白色漫延　痕迹尽显
我捉住山海的眉头
使出浑身解数
驱开天边的月与雾
是宽纵的河流
半遮霞彩　其意自现

你问我初升的红日
是否来去自由
我们在苍山的脚下
音容笑貌
留给海的两端

随风游走随逝

抚摸了千里绵绵
听过兵荒马乱
小城亦有评弹
把女子的朱砂
点在众人的心弦
静默的早春
是雏菊要把漫野开遍

无名自白

每个人的心里
都有一个自傲者
高举的头颅　　昂扬的笑
玛丽莲或者路易斯
转画牡丹的墙角
阳光照化他的眼
翻来腐朽　　或许是
慢条斯理的伪善
与精打细算

很精彩地　　与他纠缠
一个领先的弱势者
战战兢兢　　举步维艰
在寒窗下打滚
在夏夜里高烧
清高　　自诩
还要籍籍无名

不流血的战争

往往伴随日夜开展

打开宇宙的掌心　以及

仅存的肃穆　底片　留声机

白光照耀之处　过度曝光

仍然未知的心声

一场失败的博弈　挽尊

胜利的自我调笑

无形　所以可以捏造

距离

时代的更迭旋转
如同低沉的歌
萦绕在青年的耳畔
女式碎花裙底
踢踏舞的脚步
愉悦新鲜常伴

曾经煲电话粥的邻里远方
在天涯的四周　敲击键盘
如果是一个
泪眼婆娑的夜晚
现在已经足够
把一些什么吞咽
更近、更远
是迷离的冷窗
跃入游子的双眼
亲密、淡漠
将精彩的光屏碎片
离不开虚拟如盛宴

是剥离过层层枷锁
又套了桎梏的习惯
你好、再见
是否生涩扮演熟练
喉咙休息太久
带给沉默自然

旋风

拥有初生的天真
与新鲜的力量
我们是最年轻的
旋风式颂歌
在看不见的角角落落
在看得见的起起伏伏
每一个你　都是透底的纯粹
以及向日葵般活泼

我们需要放纵地大笑
意气风发得像个指导者
还要诗人最初的一点悲悯
与跨越星河的烂漫想象
从不挥霍时间
离开浮躁的蝉鸣
去够长颈鹿的耳朵

来吧　不息的灵魂
我能听到你心底的诉求

你在畅说　你是如何地热爱

拨开层层雾霭与面纱

堪比杰奎琳的三十二行情与歌

写给明天　明天不老

念给昨日　昨日依旧

在影子上起舞　在灯光下起舞

并且仔仔细细地听吧　斟酌吧

心的答案　就能带你

跳出每一个圈套

爱丽丝之影

穿着蓝色衣裙的金发姑娘
走在林间的影子
童话故事里的爱丽丝
春光在绿叶丛中抖动
蔷薇盛开的尽头
去往哪里
你不必开口
我们一起缄默着
听鸟儿高歌　渐行渐远
在没有打开相机的时刻
共铸回忆过于单纯美丽
这是风不懂的　土壤不懂的
一首零散进行曲
风不为你的笑靥行事
我为风的果决了然无趣
看吧　你的脚印
被蜜蜂啃食过的地方
你的呼吸　你的思索
贪怪容器的棱角

一发不可收拾地
种下撒满盐巴的苹果
来日　众人去买苹果
我会静静地偷一颗
光明　而又磊落

巴洛克之梦

放了火
杀死自己的妖女
在人们眼里成了魔
张牙舞爪来卖弄风姿
炽热灼伤双脚
无法摆弄青丝
只一声刺耳的尖叫
划破半个高原
将致命的蛊毒
种在角逐的贪婪
或者　应该有人为她祭奠
就像一个不完满的奢望
在地中心划了不规则的圆
无限接近圆的作者或许更聪明
令苍白的故事也有了一点
神话的开端或梦的起源
在鼓点跳跃的时候格外说明
即便那日的狂风也做观看者
无须买票　但要参与情节

阐释有阐释的道理
把所有规律牵到一起
当笔触相互交际
撰写的人也感到一丝窘迫
但这不是至关重要
总有别的一切事物在前方等待
有关世俗的绮丽　也非两点天真的墨滴
不必重新翻案　答案已经公布
没有谜团　需要揣测重申
真相死在远古
而他们复活机智

奔

展开翅膀

奔向最高的地方

清风在侧呼唤

自由的和声宛转悠扬

掠过重重楼阁与高墙

皑皑荒原　层层劲草

只看见红日满照

徘徊已久的人们啊

仅仅等待着野马般的翅膀

脱掉了桎梏里的影子

迷雾未散的深处

是苦楚睡醒后喝饱的汤

让我告诉你　离去行前

倘若看不清方向

落脚在月桂的结

听万物悲啼

终始衷肠

少时

曾经走过冰雪世界
翩然掀起了纷飞的雪意
我在你的梦中嗅到过
年少时海棠花的花蕊
当然　我们一清二楚
海棠花没有香气
那是你衣襟上的淡抹
孑然的风吹散青草地
睡着了　地下的精灵
我们也起舞
在没有人的广场上
偶尔欢笑　偶然幻听
可有人弹奏莫扎特
还是作画吧
还是闲聊吧
忘掉枯寂　连同晦涩
我为你画最美丽的眼睛
抵不过心头痣
我为你背诵童谣

好像最傻的孩子

我们还一同捉过朝阳

要知道　你将它吞了下去

早

放走吧　病入膏肓的寂寞
带着心血来潮　流云远飞
人海涌动不过为了
上演逝去剧目
长年疲倦
再一次荒唐轮回
汗涔涔饮下这苍白冷水
难道晚间面包反而酥脆
到了早晨
已成昨日烘焙

嘶与喃

玛丽亚的盛名

女人的双手纤细美丽

洗衣做饭电报机器

牺牲陪伴漫长孩提

热闹非凡　好像贯穿破碎咒念

美好的浪漫在年轻的心底衍生

打破的却是揣度生命的脸

并非你的一个夙愿

旁人心有灵犀地请愿

只是心思的困局　狡猾当中迷乱

光点盈满眼角的白昼

并非夜月已经消散

艳丽风情好像折损的月季

低一段香　便少一年自在

应长满刺　或被恰当的银雀衔去

不是憔悴纵横　天成的曲线

本来不是这样的意图

应当美丽　像造物主的首个欲念

随即高尚更上层楼　眉心舒展

难道纯洁已经不复存在

在这喧闹当中　愚昧收敛

悲伤

榆木不该让悲伤
浮彻脸庞
否则恶魔前来亲吻
她的泪珠
如同葡萄酒酿
在前守候的月光
发麻的半片凉
是始终走不出的城墙

云游

想象是掉落大海的鱼

漂荡　下坠　游离

海水抚摸你的肌肤

脑中浸透甜腻

沉睡　做戏　在今夜

拿出一点施舍

给或爱和恨

一点点救济

睡梦

今夜　都是愚蠢的星星
心里没有落脚的地方
原上　远方
如果有人前来相拥
无论是谁　任何人
亲吻他的手掌
寻望　死去
都将是睡梦一场

等风起了

等风起了
柔软拂过粗糙的杨树皮
燕子在和煦里低旋
那时候
我背起行囊启程

等风起了
太阳卸下云的披衣
山上的雪光安然闪烁
静好的模样里
我乘着火车去看你
看你正如昨夜
站在檐下
花瓣擦过华发
任残蝶飞舞肩头
轻薄的衣衫微敞
如半启的窗
星光从此流转
稻草也生长起来

然而起风了
席卷尘埃一同歌唱
剥去你洒脱的外衣
肆意在裤管里纵横
青白色调
终在漆黑里泯灭
仿若一缕烟升腾后
再也不曾看见

风起了
带走呢喃的鸟语
淅沥的雨
只留下房前
瓦片碎了一地

夜里河

我的心头
生着一颗朱砂痣
日日接受太阳打磨
到了夜晚
又被月光照着
静守茅屋
左右都是清河
淙淙的水流淌过
来往的也成过客
风烟徐徐
山顶就冷了飞鹤
还有我心头的朱砂痣啊
又褪红色

海沫

剥蚀在那片蓝色的海洋
我的心泡沫一样
在月光下荡漾
赶海的水手
捡贝壳的姑娘
云朵与细沙
梦的边缘在摇晃
泛旧的每张碎片
都是我笔下篇章
从清早写到凌晨
从太阳升起的地方
飘到花瓣沉睡的天堂
直到对岸传来老套的余音
只要藏着你的呼吸
就像冬眠的鼠抱着枯果
依偎啃食还是饥寒交迫
都是我的念想

囚眠

如水的玉阶前

安吉拉伴我在左肩

广场上的白鸽飞聚

商量给北海留下　精彩明天

复活过红色的我的心

继续在灰色喷泉里流浪

曾撕碎的　我那防线

上帝说　倘使我只是个动物

于是被挣扎囚困

我便自己住进没有锁头的铁的笼

直到梦中寂静的空洞

猖狂后和平的风

和着泪水　贝多芬的交响曲

我一首无趣的歌

风月

月是天上的月，
人是人间的人，
一场风，
就足以让我动容。

季

1

真是不懂事的姑娘
酝酿满腹的烫
煮着蜜饯　灌我喝下
偏偏不顾及
我无趣的慌张
看那橙红色的衣袖
被似火柔情烧了发焦
你也不管不顾
盛装款款　长发飘飘
轻而易举就渲染半边云霄
让人们都跟着一起热闹
汗流浃背也不依不饶
这样你就欢笑
你就手舞足蹈

2

发疯一样追随你的脚步
捡一片枯叶
也成了最简单的幸福
成瘾后难免有些狂妄
打算临风看尽
这世界的乖张
你毛躁的尾巴怂恿我
剥离出净土
到广袤的原野
奔跑释放
水落石出的日子
该给我一个真相
是昨夜风雨的叫声
还是今天阴云遮住的微光
来往的过客
通通是泡沫幻想
只有你一半火红
一半绿黄
在这灰蒙蒙世间
变得发亮

3

在空茫的城中醒来
仿佛睡了一个世纪
北方的雪花从天而降
人们曾坐在暖气旁
吃南国的红豆酱
我静静走在尘埃席卷的街上
妄图寻一点秋的诗意
哪怕夏的倔强
可是星球上只我一个
久站浮冰周围
等融化了卑微
众人皆醉　星辰微凉

4

这里恐怕降不下雪花
雪花也不敢守候这里
时光老人正踟蹰
坚持听　每天都有孩子

说自己如何幸福

就像明知道不可能下雪的冬

只有雨和风

我们也学会爱它

一如既往的冷

清水河

爱你
院儿里的老树
白月映照身影婆娑
隔天触碰我的心窝
爱你
想听你讲故事
护我在臂弯
打消难眠的念头
爱你
不敢启口
仿佛生怕惊扰河滩上的鹭
谁知它早已飞走

慧雪

冬月正在沉淀
流雁穿越高远的天
寂寥　蹭一抹微寒
雾间的河带迷蒙着泛过泪
渐渐朝空中悬起　狭长的低眉
游荡　哀艳　漫过层林深谷
直至烟云　抚顺了岁月的憾

雪通透的过往啊
那是草木般的灵魂在生长
不改川山的生命弧度
攀过沉重的藤缠石
去寻天地间的安暖
在雄奇的背后
点饰那一株傲然的梅
从此　留下一缕沉香
在这无边当中
浮泛开了　轻柔智慧

紫海

白月光照进窗
黑夜冷而凄枉
想借孤独的睡梦
跳进紫色的海洋
头上顶着红日
在冰寒之中遨游
当我们靠近光芒深处
越追寻　双目却刺痛
直到黄昏披散　夜幕长眠
终将合唱　在土地尽头
为着至深　爱的魂灵
奔向死的永恒

缘

如果爱你的代价是如此尖酸刻薄
郑重而又衬得十字路口孤陋寡闻
如冬天为雪夜添一枝碎杜鹃花
轻飘飘地与某个世界隔绝
在看不到人烟的地方放纵了灵魂

如果在挣扎得彼此都落魄的刹那
我看到点点稀疏的光在痛恨散落
你应该知道无名书中最后的答案
谁来因你悲剧的终点和落笔着迷
或许是最努力的凄哀　穿透了言语
最冰冷的世俗封锁残破时
那时候　明月夜在你我眼前
唾手可得　而又遥不可及

时差

冰蓝雨天之际

暴露獠牙的孩子

攀爬悬崖峭壁

火红色禁止标志

挪动脚步　无所畏惧

童心至上或初生作怪

无声的未来是扩散的烟

如雨中的树洞　烈日下的尘埃

尖锐的嗓音与喧闹的天真

上千万种不同结果的到来

人们抛离老人　淡化过去

人们热爱孩子　眼观未来

每个人都是一本故事书

汪洋可以是儿戏的存在

是紫藤萝与沉淀的盐

唯独不是押注的赛

烧

我的心像被蹂躏的火
世上没有人能将它怜惜
恳求上帝将我救赎
他说我还年轻　不曾犯罪
冰冷的水花溅在疯子的画像上
宛若一个悲切的小丑
在没有人欢颂的时候
一切意外都只是
愚蠢在闹别扭

泡沫

世人与世人的传说
游走在沉默的歌喉
鬼怪和鬼怪的故事
像一展兴奋剂
跳跃在虚妄的背后
编造的　篡改的
理论上的童话
需要你抬起头　看着星星
一颗、一颗地凋落
众生没有爱情
只有情爱的纠葛
你我需要喝醉
假装看粉色泡沫
一颗、接一颗　流落

远方与远方的尽头
飘扬在灯灭的巷口
诸神和诸神的誓言
像无解的毒药

融合在多愁的眉头

佯装的、淡却的

已刻骨的字句

需要你松开手　放逐尘埃

一点、一点地消散

众生没有对错

也要分清磊落

你我需要入睡

就算是梦境的结尾

足够支离破碎

糖

宇宙、星星
掉落牙齿
可歌可泣
铺满鹅卵石
冰川、海洋

或远或近　或新或旧
美丽的、落魄的
浮光、掠影
寒冷的　梦幻的
地狱、天堂

蒙娜丽莎在微笑

在这欢愉死亡派对
蒙娜丽莎的微笑
利剑刺穿我的心
一举枯竭
摇摆落地长裙
加冕皇冠
无人无声　万籁俱寂
听不到废墟和爱
每分每秒都是美味的煎熬
海洋将鱼煮沸和翻炒
五光十色斑斓
夜深原罪蔓延
旅行冗长疲倦
光绒皮靴报废
圣洁美丽女神在笑
酝酿金色的酒　鲜润的唇
今天明天　鲜血枯竭
蒙娜丽莎在微笑
脱落的墙皮化为灰烬
要你听到废墟和爱

惘

再美的爱

累久都不值得

可怜永恒感觉

泡在药水里

终日有多难得

阳光不照来

时光都枯萎了

一场没有输赢的角逐

对错又由谁抉择

太放纵的最初都是

辛苦收尾　吞下这颗

娲氏赐你恶果

苍白无限山河

试想谁能谱写你

佝偻还是婀娜

所有疲倦实在太负荷

可惜人们最懂笑着说

这世间还不够你虚脱

上演

其实没有这瓜葛

不过罪恶纠缠一场

抛到脑后随便就忘

病重苟活　　倦怠风尚

鳄鱼眼泪　　游戏鸳鸯

烛火都不肯　　为之着凉

偏偏你的窗

被冷风揪着不放

踩在棉花里

等风情万种来流淌

只是我冰的泪水

干了就该焚烧

醒来就等鬼神

宣布刑满释放

狩猎故事

忽略年轮栖息
把耳贴在树皮
狩猎人举起手里的枪
打算扣动扳机
瘸鹿拼命逃离
直到血迹斑斑留在草地
"不过又一个故事。"
卷了烟卷，他说可以
明年再来一局

可盼

时光亲吻了
流泪的面颊
冰凉的雨缠绕着
病的气息
不知道下一列车
相同的位置还有什么意义
坐在那里的人
攥熟悉的信笔
把纸翻了一遍又一遍
只等迁徙的鸟
在天上留下痕迹
就连车轨
也只是消磨过去
用来回忆

海之灵

我在波涛汹涌处
与海之灵起舞共歌
肉眼凡胎　禁锢于世
踏着光去　踩着光来
生为爱生　死为爱亡
地狱人间的无垠之歌
仅为一场孤独的盛大
在疏影之中　日月之下
永无停歇　漫长的苦楚
碎落而重生的海螺
沉睡过后　万物消融

梦老车

要让我的灵魂在烈日下暴晒
换浮光掠影的列车
去洒满朝圣者鲜血的地狱听啜泣
要逃窜到风雨俱临处俯首喘息
再将九千九百九个九梦清零归一
闭上眼　径直老去

迤逦河

雨水在曼丽冷风里流淌

繁星不与黑夜为伴

消磨殆尽　只余下一场孤单

甘愿闭眼　做一整夜凉梦

信手拈来　你眉目的神情

似乎万水千山愁遍

记忆犹新　年头不够久远

想你时　尘土就随风飘散

想你时　百花已在地下糜烂

把三百六十五天都上交地狱

做爱的奴仆　终生不买保险

撕咬明天　罪过如同醉意不堪

冷了月光　心跳声声乱

皮囊

更聪明的人

从不在意　皮囊的好坏

穿着最丑的大衣上街

不需要别人愉悦的目光

必要的时候

脆弱或丰腴也要为我服务

漂亮是眼睛的食粮

而只有小孩子

需要衡量取悦的筹码

而你　你是最完美的艺术品

骄傲又谦恭　温润又野性

你的一颦一笑

你是晨星　是一切矛盾

我为你诗歌　为你欢颂并哀悼

但是　亲爱的

纳西索斯可不能不知道自己的美

亲爱的

亲爱的　惶惶世间
为何偏偏让泪水滑落不可
难道责怪这首歌　不分场合
拥抱吧　自己的影子
与之纠缠　万世枯荣
亲爱的　生活本就如此
悲欢离合又没分过什么喜事
不如沉醉　假装清醒　佯装睡去
它是寒露后无形冻骨的风
包围我　风雅疲倦　不能喘息
亲爱的　每个人　吻和咒骂　烟雾
能否有想念一些东西的自由
所有的　这个宇宙一切　行星　爱恨
都是疯狂冷落　火花败在一望无际的海洋里
亲爱的　抹掉吧　唇角的笑容
冰的岛　岛的王国　在冲你招手
不要问　芸芸众生　不要爱　人流往回

雨窗

从一面窗望去
雨确是停了
推开门走过几步
却听见雨声了
风起了
风又停了
雨也是这样
总没有休止的时候
总是这样

红

你屏息以待
难道是不想做停留
好像掠过荷花的红蜻蜓
双翅的纹络在阳光下闪烁
只一眼就把我囚
而我只是河底越境的泥鳅
掩埋在深幽尽头
从此心甘情愿
悄然守候

遗落太阳国

有一天　我会忘记
岁月以及回忆
沉痛或是未来
人声鼎沸　光怪陆离
有一天　我会死去
带着远方和泪滴
葬在不爱我的土地
我是个游过太阳国的孩子
热情似火　人迹罕至
可是我会淹没在
重重冰雪里
不消万物留意

灯幕

漫漫的石路上

走过夜幕下的长街

路旁的灯高高立着

静静地　昏黄的光影射着

将世人孤独的影子

拉得很长　很长

走过这条长街

推开远方的门

未知的地狱天堂

四处升起的幽冥的火

天上掉落的泪滴

彼岸的请柬

像生的篇章

苏醒

蓝色的天空
永远罩在头顶上
那么高　那么远
永远都触不到
振翅的鸟　自由的鸟
总是在炫耀
彼岸的河在结冰
等待春天总是这样
遥遥无期
闭上眼　又睁开
非此即亡

有常

成群的鸟里
有没有这样一只
甘愿被囚在笼中
就像不被减刑的
无期徒刑
唯一不变化的永恒

孑孓

捉一只迷路的鬼
来泡我一杯辛酸烈酒
从此自作主张　闯入半生
浮光掠影只是短暂信任来的依靠
灰白默片让一切都无味道
无味道　大可装作很好
一旦阳光普照
一览无余都是过去奉告
谏言无畏　百世孤寂
赐我毒酒惜年少
一了百了

暗角

像枯渴的一株草

被太阳关照

越长越高

就连蚂蚁的触角

也为探测远方的海潮

涌来的歌谣

可惜大多来自嘲笑

黑夜正好提供毒药

在疲软里嘶叫

为了收纳喧闹

出卖苦恼

从南到北

流落南方的北方人

朝思暮想的气息

在心海里一遍遍翻滚

没有雪花的深冬

在湿冷的风里停靠

仿佛炽热的烈阳

就在昨天闪耀

流落南方的北方人

对两座城生了情

爱上城里的人们

流浪的心都被分成两半

一半孤泊在南方的雨檐

一半静守着北方的烟囱

日复一日　年又一年

晨曦

雾霭蒙蒙里　我看见
令人齿冷的过往
说再见
唇齿上的
二十四点雨露
层层滴加　季节
每一滴都是
润透海的泪
离开轨道　石子　与山
张牙舞爪的草木
车外　是爱人的眼睑
逃不出夜色的隐秘
缱绻　华灯初上
阿莫西林若泡玫瑰
阳光可以明媚

航行八十九天后

时光抵不住夜的喉头
约定俗成外离群失所
若要奏那一支圣歌
血丝缠绕阵阵咳嗽
风里翻腾沙粒摩挲
当你嗅到
海平面上的腥味
请探出头来
凑近无比炽热太阳花
它将灼烧你的眉眼
漫长如生的秀发
亦将是世上最美的祭奠

与之

夜在深沉之时
路过孑孓的枯灯
我停下无名的步履
思量神佛哭笑可做主
在这光阴又跳动的节点
试问谁能得到庇护和救赎

艰

举起苍白的手

在月色下　体现莫名的别样

原来无力来自一种强悍

行人道上映照的戏谑

无解的答案没有故乡

一步两步的彷徨

不及初识一点两点明亮

左右不过来来往往

被刮进欲盖弥彰的避风港

曾经建造无可能的城墙

不过是被纷扰打乱乐章

看似古老的以往

等候在沉默的旅途

最后绽放的地狱虚妄

只是岑寂荒莽

告别

奔向未来的路
乘一见钟情的车
不要往返的票
也不中途贪奢
拿来潇洒和胆魄
仅多余的懦弱与畏缩
已是该死的

木棉

想送你这团棉花糖模样的绒絮
散发着淡淡的巧克力香气
可能它是自然浪漫的孕育
只是不符合尘封已久后
冰冻三尺的柔情蜜意

朝途

从八零零一到八零六七
是一条幽长幽长的走廊
记忆碎片掉在步履彷徨
残败病痛不敢深陷

不堪一击的倔强
大雁钟爱北国
灰色苍穹一点朝阳
最爱的人也在远方
生活偏爱撒谎
命运之喉凭它开张
路途承蒙岁月
过往的树桩
不沧桑岂敢
如风般猖狂

平常

触摸不到的疏离伤怀
不能抑制的欢快过后疼痛呼吸
如果有一天满怀心事无可诉说
坐在街边数羊一样等过往的车
从晨早穿过深夜
从一灯如豆到笔水停断
没有温暖如潮　冰天雪地
没有安之若素　肝肠寸断
只有单调的风徘徊在指间
倾尽心血　暗自终老
贪尽余生　不得答案

高级八音盒

放一首上瘾的歌

在夜里着魔

刺耳的旋律

其实温润有张力

带你在宇宙　任意穿梭

合着我浪漫披衣

饮一杯香醇红酒

令人齿冷的豪放

今天有没有跳舞女郎

进入谁梦乡　喉咙发痒

你知道的风在外流浪

雨水替它咸了眼泪

纠缠海底犯罪

寒风里故意　抚摸你发丝

比繁星颤抖脸庞

浪荡溢彩或撕心裂肺

低顺眉眼又何必

格外声张

寂夜

外面落寞的犬吠声
惊悚的赛车音
留恋味蕾的苦药味
点着灯的空房
最后一支老歌
阖上眼睛
一个人的夜晚
星星像蹦跳的小鹿
一只两只
通通逃跑了

彩

我是临山北眺的一盏孤灯
我是遗落孤魂的一记墨点
待你亲启的时刻
雨过平川　白雪飞旋
已经过了千年
如一叶舟楫漂泊来去
在世人的眉眼
劲风将我西吹
久未见艳阳天
仅荡我苦度山河
穿越岁月的呓念
将我心底深处的精彩
魂归一抹阑珊

灯火

南北的云不远万里

吞下雀鸟点滴

锅灶里腌菜

沉沉睡去

提伞的姑娘

容我歇一歇灯火

听你唇齿留香

醉眠黄土地

临风忆事

渐冷的时节
病势一点点漫延
问渡过南北的风
可否把离别日子
改写更远　更远
我已忘记你掌痕
眼里沧桑与爱变
下过的每一场雪
低矮屋檐是见证
你老去的诺言
追随半生
流离失所　痛定思痛
向死而生
结局奔向亡终
不曾　再有别的可能

石碑

我是你揩鼻涕时
碰巧坠落的那颗雨滴
也说不上幸与不幸
只是命运安排这样相遇
辗转反侧处　抛下几句美丽梦呓
余生一往　留下心魂破散的痕迹
于石畔守望尘沙飞扬　带了牵强
沉默无声　飞鸟惊石也捎信忘记
有无缘故　朝秦暮楚
单负只影　好似轻而易举

雪河

苍白的雪花凋落
山峰淌出的泪开始凝结
长在天涯的树从此病故
打马走过的岁月
青年欢笑着放飞烟火
我静等在冷气缠绕的窗口
等你踩着未来
在我身边轻轻诉说
曾经进军的山岗已经沉睡
冲锋的号角藏进旧录影带
后来人们记得
冰冻三尺的地方总有身影
点着隐秘的暖灯

同感

你一定不懂我哀伤
我的颓靡在年前
已被烟火点亮
如同瘫软的跳蚤
疯癫过后
只剩一片凄凉
你一定不懂我年少时候
埋下的愚愿
万事俱备　只欠东风
等南飞的鸟儿叼去残种
只为带到你面前
收获一个意味深长笑容

标本

两点、三点阳光

一瓶福尔马林

白马的标本

你我的初心

流转的草药

亲吻上世的土地

混沌的灵魂　倾盆的大雨

在脑海放肆地呼吸

哭泣　狂欢

奏乐　和歌

牵手的玩伴

尽头的光明

奔往自由无极限

月光曲

摇椅上的两只虫子　幽幽睡去
鲜美的夜会降临　我们彼此梦中
这一刻　月光落地　遮掩我
要品尽你眼角与心口的泪滴
所有的每一滴　都是一个世界
比江河湖海　更加动人心魄
我也会化作　一缕烟魂
卷走你的所有
所有不复存在

昼夜

躺在床上　干涩的眼皮

在土地的另一头长安

血液　共联　以及

枯死的昨日　锥心刺骨

厌恶旁人的标点

或许怜悯的从前

悄嗅夜中的黄泉

未知的气息作怪

如同浸染黑墨的图纸

布满了褶皱的书录

被遗弃在苍白的世间

消逝　无翼鸟　沉湎

速冻

酒冻的梅子
冰碎了泡腾片
揣在兜里
探讨我执
女人的口红
蔓延到画上的眼影
男人的领带
马路上行走着的
啪嗒啪嗒声
你问我窗帘是不是
白胡子的聋子
或许诉说如同
一场醉了的梦

火

千般万般折中的诗
呈着任性、邪恶与逍遥
纷至沓来的看客
都喜赞颂星河原野
麦香两岸潮

千难万难剥离的心
如同放纵灵魂出窍
猖狂何尝不是怯懦
不因真理更改分毫
冰霜冷雪为世界
屋脊的火光
不必恰到好处闪耀

星畔

不失为凉夜结霜　偷编剧本
不失为无妄沉浮　自作主张
留一点仅限的才华在世上
敢猜想明天　灰烬随海浪
一如你眉眼哀艳在绽放
不会有何事比之更疯狂
就这样　静望星辰多少双
红白玫瑰　难免枯黄
只羡慕　沙洲飞鸟　自由
风月不在　江川自流淌

心语星愿

我抬头仰望
夜幕挂满了星星
平静笑脸的衬布
我的眼里已没有
路旁的小灯
不能阻止去爱
生命里的诸多人
尤其是这时候

重山

浮光掠影　扑朔迷离
宛若一场破碎景图
人都感言似水流年
鬼怪在上泼墨
南柯一梦冰冷刺骨
人潮川流　爱将周游遍
围困总敌试图
杯酒不释前路
从此只余坠舟
舟我不渡万重山

离人殇

清风流落江畔

岸线漫延　渔火连绵

游人勾起笔下的落寞

牵扯了不清明的夜色

水中依稀破碎的影

诉说了流浪多年的哀怨

疏灯朦胧　十年不见

记忆的老房

皱纹里的笑脸

如果都化作星辰浮现

一寸光阴换一刻留念

捉不住清风留憾

细雨湿透眼睑

山重水复　尽数飞雁

再回首相扶看

青梅正端

天光

余热温凉不肯谦让
方才憧憬一时荒唐
人人尽在将好相望
未行心许　幽空时光
青草离离　半路流殇
却不在岸尾莺啼
难免秋冬风阔
也纵情长

旱舟

流沙的天堂是海浪的墓地
海浪的谜底是流沙的呼吸
我住在低矮的房子里
终日镇压自己的灵感与情思
甚至有如日影斑驳　撩拨心头
可望又不可即
时间挥舞屠宰者的刀具
留下连往生也漂泊的痕迹
带我离去
带我消弭远去
我将幸福、流泪
我将是诗的一员
淹没在无声的岑寂里

万里

水汽缭绕的桥头
充满苍茫的爱恋
好像云里雾里
寻觅你冰凉的手
满载植物的动物农场
生长糜烂的华丽园
怀抱着简陋的收藏品
种在彼此衰老的心头
如果不得不令死寂
充斥在规律的背后
无可奈何才是
伪装　最好的枷锁

静望

海的漂荡幸福
一笔洋洋洒洒
不相干人们的快乐
总是一种静默的观望

光之烛

白烛在夜里燃烧
寒冷凭过往还债
看不见的地方
是否有天使存在
剥离魂魄　坦诚相见
不歇的心跳　以及柔暖
关闭门窗　也要赴约
守护这盏光
又置眼前　遥远
怀抱孤寂　双翼零落
如临大敌　弃剑
背水一战　其夜不眠

幕后

恶语相向的困兽
竭尽所能地嘶吼
出演着壮烈的戏剧
幕后人笑容卑劣
眼前闪烁的光圈
是他们的武器
终极　且唯一

没有志同道合
但是同仇敌忾
圣女高举的和歌
暴戾如刃的冰雪
调动所有黑与白
都成为浓烈的颜色
把哭声装进无声的匣子
我们都是擅长包庇
年度最佳始作俑者
捂住彼此的耳朵
奉承梵高般的使者

佯装高贵不就是
冲出蚂蚁重围
昂首挺胸　指点迷津
供养着　瘙痒的痛点
论辩对错　没有彩色

缘起

海水漫过的尽头
是盘古的神勇
狂风从大地的裂缝涌出
衣衫褴褛　断壁残垣
秀美的女神之眼
问声之何处　问生之不息
钟灵毓秀　众生一席

山的使者　匍匐着沉闷
说虽败犹荣、虽败犹荣
星光已然和美
没有鬼影作祟
待到晨曦　待到黎明
翻任何时刻的书页
树皮的伤痕告诫
波塞冬的怒
与耶和华的罚
我们奔向黑白的极点
尘埃的分界撕裂
碎满大地的雪花
那是芸芸而语的泪

问

你能在静默的生活里开出花来吗
途经的路啊　我问你
门庭里戚戚簇簇的那株海棠
不就是我们的化身吗

酒心云

漂浮海里的云
永醉的棉花糖
原野上的人
荡着他破碎的桨
左右都是流浪

苍茫的天
吞吐烟霭雾雨
只要它说这是梦一场
通通即是梦一场
而隐在角落里
我们的影子
输赢无分的仓皇

草木的情话

我要风给我放长假
我要草木对我说情话
我要人们在热闹里一塌糊涂
留我独自盛开洁白的花
我要站在某个心匣
沉醉清醒　无解也罢

水仙节

晨曦最后一次亲吻

大地漫延无边

列车驶过地球的一端

直到白月的眼睑

人群往昔　纷纷进献

蓝海浸泡的玫瑰水仙

赤诚所托　寥寥成环

沉默着微笑　心梦无端

草木之灵　顾我凡胎

风之使者　偎我与怀

众合之夜　光纵时差

当你向我走来

碎语永恒　志趣陈年

让我向你奔来

十指相扣　划破尘埃

玫瑰夜

　　如果告别丛林，就能触及滚烫的大海，在狂放的风浪中间尽情地呼吸。那时候，月光散落天地。我们没日没夜地相爱，以及，忙着相爱。阵阵翻滚的海浪怀抱着遥远的气息，把太平洋以南的爱欲都悄然卷起。我们在涂抹着橙黄与粉紫的颜料之中，做两个分别举世无双的人。这话听上去矛盾，却说出公告也不肯承认的真谛。在最寂静的我们以为靠近天堂的道路上，驿站边的站牌也成为摆设，空气中弥漫着腐朽的隔离。

　　应该按时疗愈，奔向广阔的自由，这一刻，太阳在草原的上方升起。是的，我们到过草原，也在万恶的峡谷当中，看日光降临人间。我们在光下热吻，在海里呼吸，做风的孩子，遗忘了瓦砾的存在，磨人的尘埃。如果在海中能看到衣不蔽体的鱼，或美人鱼，我们仿佛长出了巨大的尾，在清凉中央摆动。面对光怪陆离的这世间，我们从彼此眼中看到更深的笑意。应当唱歌，在林深处，当我们还没有赶到那里，心已在沉默间制胜。

曾经,我们是神话故事也会庇护的少年,身骑白马到天真的地方去。听说沙漠有一潭净水,你不顾一切也要追寻。仿佛会说话的蛇一边起舞,一边引诱着你。我们原来便不是那卡萨诺瓦式的放荡人,相反比清白的艺术家更可怜一分。我们曾经也触摸着都市的玻璃镜,在镜前虔诚地拥吻,好像等到世界末日一样见证非凡的经历。被雨水裹挟的霓虹灯竟然散发原本的魅力,车水马龙的大街小巷早已被你书写成章,此后再无丑陋的诗句。

燥热的夏季,只是因为一场相逢变得甜蜜,无人肯在古老的神话中找答案。我们站在街头,有人一根接一根地吸烟,有人在餐馆里尽情地喝酒,有些人昨日才见过一面,有些人经年已过恰能重逢。路灯显得扑朔迷离,谁能想象它故障得如此迷人,衬得女人的风衣摆闪动着绮丽的故事篇。我们或许侃侃而谈,讲上一夜,关于冰镇的西瓜和沸腾的火锅。我们应当是在闹市牵手,到异国他乡去,也找得到一席之地。生长蓝色星星的松树,秋天欢宠的银杏叶,岛屿上错落的香椰……那时候,我们在植物的纹路里看到彼此生命的脉络,竟然成了两片簌簌的木叶,枯荣与共。

我们躺在水泥地上,听土壤的呼吸,当甲壳虫匆匆爬过,我怕得缄默不语。你的目光轻飘飘地上移,在树影婆娑的上方,北极星照耀着混乱的世人,我想起去年春季的第一场雨,心逐渐平静。我们曾经相爱过,在无人诉说的场地,两个连接一片的孤岛,我们以为孤岛中间是渡船的溪水,其实不然,它是美丽胜过银河的神秘,却又超越那银河般广阔的缝隙。在这缝隙之中,就连无奈的叹息都成为钻石般的坚韧与珍稀。我们说,世界上有着托举神性的神隐而伟大的世人,连这一点我们都相信,却不肯相信这世间神隐而伟大的爱情。或许,我们曾经也度过"阿波罗式"时代,在对立的海洋里游泳,我们游过一个世纪那么长,灵魂蜕变又蜕变,听说过约瑟和耶和华同在的故事,听说过青城山外的沙弥,颤动的哭声,苦涩的茶叶,冰冷的城墙,钢笔蘸墨后仍然去除不了的沙沙声……这就是为什么我如此爱你,我们相爱的时候是穿越时空的错落,在岑寂无聊的喧闹当中,在佯装浮躁的皮囊之下,在玫瑰花藤盛开的午夜赐予并索取。在可耻的故事之外,在金色的符号之后,逃脱的迷茫的人流最后还是形成梦的驻地。你曾经把自己的心脏葬在那里,剪断的双翼隐隐躲藏,直到信任重新生长,遍布市区。

银装素裹的深冬里,我们开车去西部,漫无目的地行走。我想象我们在非洲,已经看过狮子王和象群。在看到粉红色的火烈鸟的时候,你轻轻嘲笑我也有人云亦云的时候,但是我顾不上反驳,只是任发丝略微探出窗外。永恒的烈日亦有温和的岁月。当我注视着你的容颜,目光也能滴水。没人在乎,宇宙内外是否有外星人,而在四维世界中,我们是否会牵起双手。所有的一切都平行又平行,重叠又重叠,我们放过了未知的未来,抵挡不了汹涌的潮水,却永远赢得当下,一遍又一遍,与美人鱼和独角兽为伍,当我们闭上双眼,依然看到光。

曾经我们相爱过,在孤独的灯光下奋笔疾书,在人烟寂静的清晨,路过可爱的猫狗,与月季上的香露会面;在播放旧音乐的咖啡店里要两杯不同的饮品,在香甜的蛋糕融化以前,谈天说地。在不语的时候,波光于你的眼睑处流动,像极了江面上离人手执疏灯,多么鲜丽。我们共读太多书目,就连经传世人的谈资,都相得益彰地重启。在过去枫叶与赛车起舞的秋天,我们学习失败的织衣手艺,像小丑一样痛骂不懂沉默的世人,接着把自己埋在枯叶丛中。我们埋葬自己,挖掘自己,又打开自己,描摹堂吉诃德的画像一般,根本不需要清楚地形容是否俊美靓丽。如同嗓音沙哑的歌手,做白日梦也撼动人心。我们相爱的时候,这就是我爱你的理由,找了一万个浪漫的理由,编了一万朵冷落的玫瑰。藤蔓一直从春天生长到冬天,从北冰洋到南极,在北极熊的腹下,在羚羊的犄角外,在所有视线遍至的地方,不敢说那是细细密密的一张网,罩不住自然生机,却将我们衬得庄重而又默契。

然后在地平线也冷清的雪夜里,我们面对着彼此,忽视着彼此。那时候,飘零的万物都有既定的归宿。像黑熊容纳蜂蜜,像蚂蚁搬家,真菌蔓延,刺猬蜷缩,在一片小心翼翼,我眼中同样怀揣万籁俱寂的冬,如果足够详尽,你便能看清瞳孔中的吹雪。我们曾经相爱过,这便是猖狂的伪命题,像极了找不到冠冕堂皇的借口的演说家在舞台幕后背草稿,却又责怪自己如此漫不经心地大言不惭,像极了焦头烂额的作家为了让自己相信笔下的箴言而失眠洗脑的策略,将近尾声时似懂非懂、信以为真。但是当潮汐涨落,我们看着光的本体,光芒温暖耀眼,谁都知道根本不存在摇曳的谎言。假如故事退回在玫瑰初绽的夜,我们还是会心一笑,曾经说要去哥本哈根,并非虚伪。我们像所有世俗的情侣般争吵且多疑,我们比最亲密的朋友还要熟悉伟大的友谊,我们比最平淡的情侣还要享受如水的爱情,只是当我们遗忘这一点,终于会在暴风来临的圣诞夜,在教堂建筑的独白里,每一次精致的诵读,都在寂寞的阴霾中得以声张。我们在苍白的人群中短暂修习,长久脱离。曾经有人因为战争,才有不顾一切的旋律,以及那深沉浩瀚的生命与敬畏,我们竟在和平的战争中,流下毁败自我的心头血。这就是我们相爱的源头,智慧与愚蠢,沧桑与颓靡。

　　或许值得庆幸的是,我们天生便适合做灯塔设计师,空无一人、不毛之地,也要牵着灯火四下寻觅。你是最沉稳的游戏家,我是最敬业的收集者,我们造一幅深邃的藏宝图,把精神和肉体的线条都罗列公布,把萤火虫和碎落的蝴蝶捡起,珍藏在私人博物馆,以及梦之曲。众人向你投去欣赏还惊羡的眼光,好像消弭雾霭的伦敦,滴着清脆的雨声。你的身姿,在明亮的上海,在滴雨的北京,在游船上旋起一阵风声时,我只想触碰你的碎发,直到与万物融为一体。假使那一刻,灰蓝的波浪滚入船舱,我们也在无声当中甘之如饴。

只是因为我们曾经相爱,我们的面孔像精彩的电视机,如果世人还爱彩色电视机。我们看过成千上百的情侣,成千上万的路人,我们倾吐了破碎,接纳了呼吸。我们踩在质地坚硬的荆棘,好像曾在丹麦的壁炉中复苏。我们游历世界各地,最后才到达彼此心底。就像停电时烛光淋着焦糖的深夜,我们陷入沙发,倚靠彼此,如获终极剧本,恍然过完一世。我们想象自己是歌剧主角,最后流泪欢笑,仿佛比罗密欧和朱丽叶更令人痛惜。可是,我们同时深知,当我们最痛恨彼此之时,也可以写下:

我没有王尔德那么伟大,你也没有波西那么美丽。当我们虚无吟咏之时,站在无垠的空白里,我也只会说,我要功成名就,不可一世,而你要抱着你的

246

粗鄙浅薄苟延残喘，碌碌终生。在无数个辛苦重逢的日夜，我在某一时刻为别人的讲述对此伤悲。我的柔情与谦卑在你眼中曾如破铜烂铁，分文不值。是的，我要为我的仁慈付出代价，你也要为你因悔恨充满的暴戾受到惩罚。

这便是我们沉浸悲剧的结果，我们比谁都会烘托气氛，在疏离的对弈间忠于博弈，直到疲倦摧毁高塔，落下忏悔的泪滴。这就是为什么我们曾经相爱，在一场场序幕落幕后，在一片片书目破损的页码旁边，在闪烁其辞的说书人手下，在吞没低俗的腐败里……这就是我爱上你的理由，我们神往无谓的甜言蜜语，偶时沉迷猜忌悬疑，可是却在一个宁静的午后，太阳最高的时候，纵使脸颊被炙烤得发烫，也当是消融彼此的代价，逍遥自在，并且畅快淋漓。我们幻想过山盟海誓，却不敢效忠于海枯石烂，我们爱着万物与生，不肯轻易放弃。尽管，我们还是偷走了夜，偷走了海浪生息，偷走了迷人晚风，偷走了流浪汉的歌谱，老人的胡须。我们笑着，笑着便长出皱纹，我们哭着，哭着便白了头发。

在青春年华的时候，我们做梦，在残破病躯的时候，我们做梦，我们本就执于做梦，却不肯实现造物者的梦幻。终于，我们在盛大的绚烂当中投入筵席，烟火徘徊的上空，诉说着沉睡的世纪。当我们读懂的时候,已经盘旋在冷冽的空气。灵魂碰撞留下的声响,是海底的月,月下的风。我此时说与你,你便知晓,我们曾经相爱过,在无形的硝烟里,在诗人的谜题里,在迪贝克的奇迹里,我们曾经相爱过,这就是我爱你的理由,在玫瑰夜里。